"달이 있다고 말하지 말고
깨진 유리조각에 비치는 한줄기 빛을 보여줘라."

1860년, 러시아의 항구도시 타간로크에서 조그마한 잡화상 집 셋째 아들로 태어난다. 중학교 때 아버지가 파산, 가족이 모스크바로 떠나고 체호프는 학교 때문에 타간로크에 혼자 남는다. 독립심과 함께 가족 부양에 대한 책임의식을 갖게 된 건 이때부터다. 스스로 학비를 벌며 공부, 고학으로 학교를 졸업한 체호프는 1879년, 모교로부터 장학금을 받아 모스크바로 이주, 부모 형제들과 재회하는 한편 모스크바 대학 의학과에 입학한다.

의대에 다니긴 했지만, 가족 부양도 해야 했던 체호프는 글을 쓰기 시작, 잡지사에 콩트나 소설을 기고하는데, 의사가 되고 경제 상황이 나아진 뒤에도 글을 놓지 않고 '안토샤 체혼테', '내 형의 아우', '쓸개 빠진 남자'와 같은 필명으로 작품 활동을 계속한다. 1888년, 1885년에 발표한 단편집 《황혼》으로 푸시킨 상을 받으며 문단의 주목을 받았고, 얼마 지나지 않아 있는 그대로의 삶을 꾸밈없는 문체로 풀어낸, 그 자신 '일상문학'이라 칭한 작품들로 러시아 사실주의를 대표하는 작가가 된다.

1904년, 스물세 살에 폐결핵이 걸린 뒤 늘 죽음의 위협 속에 살던 체호프는 결국, 폐결핵으로 죽는다. 자신이 즐겨 쓴 마지막 문장, "그리고… 죽었다"처럼, "나는 죽는다"를 마지막 숨과 함께 전하며, 배우 올가 크닙페르와 결혼한 지 3년이 채 되지 않은 때였고, 마흔넷, 젊은 나이였다.

젊은 나이에 죽었지만, 체호프는 200여 편의 단편으로 기 드 모파상, 에드거 앨런 포와 함께 현대 단편소설을 확립한 선구자이자 완성자로, 불과 네 편의 장막극만으로 셰익스피어와 함께 희곡의 양대 산맥으로 인정받고 있다. 생물학적 자식을 남기진 못했지만, 체호프는 막심 고리키, 제임스 조이스, 버지니아 울프, 어니스트 헤밍웨이, 블라디미르 나보코프 등셀 수 없이 많은 문학적 자식을 길렀고, 그중 몇몇은 그의 성을 물려받기도 했는데, '미국의 체호프' 레이먼드 카버, '교외의 체호프' 존 치버, '우리 시대의 체호프' 앨리스 먼로가 그들이다. 하지만, 체호프는 다른 작가들이 보기엔 얄밉게도, 자신을 훌륭한 작가라고 생각하지 않았다. 그러고도 여전히, 단순하고 평이한 일상어로 이루어진 간단명료한 문장 안에 웃음과 비애, 체념과 전복을 동시에 담은 가장 위대한 단편들로, 우리 시대의 체호프들에게 '칼날처럼 날카롭고도 우아한 빛줄기'가 되고 있다. 어떤 작가들이 보기엔 얄밉게도.

안톤 체호프의 ── 소설

이상원 옮김

관리의 죽음

어느 멋진 저녁, 그에 못지않게 멋진 회계 담당 관리 이반 드미트리치 체르뱌코프는 객석 두 번째 줄에서 극장용 망원경으로 오페라 〈코르네빌의 종〉을 관람하고 있었다. 그는 천상에라도 다다른 듯 행복했다. 그런데 갑자기…… 이야기를 읽다 보면 '그런데 갑자기'라는 표현을 자주 보게 된다. 작가들이 그렇게 쓰는 것도 당연하다. 삶은 예기치 못한 일들로 가득하니 말이다! 그런데 갑자기 관리가 오만상을 찡그리고 눈동자를 굴리더니 숨을 멈추었다……. 망원경에서 눈을 떼고 몸을 굽히더니, 에에취! 보시다시피 시원하게 재채기를 한 것이다. 누구든 어디서든 재채기가 나오면 할 수밖에 없다. 농부도, 경찰서장도, 심지어는 국장님도 재채기를 한다. 모두가 똑같다. 그래서 체르뱌코프는 전혀 부끄러워하지 않고 손수건으로 코를 닦고 예의 바른 사람답게 주변을 둘러보았다. 자기가 한 재채기 때문에 혹시 누군가에게 폐를 끼친 건 아니겠지? 그런데 부끄러워할 일이 일어나 있었다. 자기 앞줄, 그러니까 관객석 맨 앞줄에 앉은 노신사가 장갑으로 자신의 대머리와 목을 닦아내며 투덜거리고 있었던 것이다. 노신사는 다름 아닌 교통부의 브리잘로프 장관이었다.

'침이 튀었구나!' 체르뱌코프가 생각했다. '우리 부처는 아니지만 그래도 곤란한 일인데. 사과를 드려야겠어.'

그는 헛기침을 하고 상체를 앞으로 숙여 앞사람 귀에 대고 속삭였다.

"저기, 각하 죄송합니다. 침이 그만 튀었나 봅니다. 전혀 고의가……."

"아, 괜찮네. 괜찮아."

"정말 죄송합니다. 말씀드렸듯 전혀 고의가……."

"아, 괜찮다니까! 오페라 좀 봅시다!"

체르뱌코프는 부끄러워서 어색하게 미소를 지은 채 무대를 바라보았다. 하지만 천상에 다다른 듯한 행복은 어디론가 사라져버리고 불안한 마음만 커지기 시작했다. 쉬는 시간에 그는 다시 장관에게 다가갔다. 잠시 망설이다가 간신히 용기를 내어 중얼거렸다. "각하께 침이 튀었습니다…… 용서하십시오…… 정말 그러려고 한 것이……."

"아, 됐다니까. 벌써 다 잊어버렸는데 대체 왜 그러는 건가!" 이렇게 대답하는 장관의 아랫입술이 부르르 떨렸다.

'잊었다면서 나를 보는 눈길은 적대적인걸!' 체르뱌코프는 장군을 유심히 살피며 생각했다. '말도 들으려 하지 않잖아. 그럴 의도가 전혀 없었다는 걸 설명해야 해. 그저 자연적인 현상이었다고 말이야. 아니면 내가 일부러 그랬다고 생각할 거 아니야. 지금 당장은 아니라 해도 나중에는 그렇게 생각하고 말 거야!'

집에 돌아온 체르뱌코프는 아내에게 그날 있었던 불상사에 대해 말했다. 하지만 아내의 반응은 예상보다 너무 싱거웠다. 살짝 놀라는 듯하더니 다른 부처 장관이라는 걸 알고는 바로 안심하는 것이었다.

"어쨌든 찾아가서 사과해." 아내가 말했다. "아니면 당신이 남들 앞에서 제대로 처신 못 한다고 생각할 테니까!"

"바로 그렇게 생각한 모양이야! 어쩐지 내가 사과를 했을 때 반응이 좀 이상했어……. 제대로 된 말은 한마디도 안 하더라고. 어차피 이야기 나눌 시간도 없었지만."

다음날 체르뱌코프는 새 제복을 차려입고 면도를 깨끗이 한 다음 브리잘로프 장관에게 상황을 설명하기 위해 갔다. 접견실로 들어가니 대기하고 있는 사람이 꽤 많았다. 그리고 청원인들 사이로 벌써 접견을 시작한 장관의 모습이 보였다. 몇 명을 접견한 후 드디어 장관의 시선이 체르뱌코프에게로 향했다.

"기억하실지 모르겠습니다만, 어제 아르카디 극장에서 제가 본의 아니게 재채기를 해 각하께 침이 튀었습니다. 참으로 죄송……."

"별일도 아닌 걸 가지고 자꾸 그러는구먼! 자, 다음 사람 말해보시오." 장관은 체르뱌코프의 말을 중간에 끊어버리고는 다른 청원인 쪽으로 몸을 돌렸다.

'아예 말도 안 하려 하는군!' 창백해진 체르뱌코프는 생각했다. '화가 난 거야. 아, 이대로 둬서는 안 되는데…… 해명을 해야만 해…….'

장관이 마지막 청원인과 접견을 끝내고 안쪽 집무실로 가기 시작하자 체르뱌코프는 급하게 그 뒤를 쫓아가며 중얼거렸다. "각하, 제가 감히 이렇게 각하를 불편하게 하는 것은, 그러니까 제 안타까운 마음 때문입니다! 재채기가 고의가 아니었다는 점을 부디 알아주십시오!"

장관은 결국 울상이 되어 손을 흔들었다. "이보게, 지금 나를 놀리는 건가!" 그러고는 집무실로 들어가 문을 닫아버렸다.

'놀리다니 무슨 소리지?' 체르뱌코프가 생각했다. '놀릴 일이라곤 전혀 없는걸! 장관님은 이해를 못 하시고 계신 거야! 그렇다면 나도 더 이상 저렇게 거만한 인간한테 사과하지 않겠어! 맘대로 해보라지! 이제 찾아오지 말고 편지를 써야겠어! 두 번 다시 여기에 오나 봐라!'

이렇게 생각하며 체르뱌코프는 집으로 돌아왔다. 하지만 장관에게 편지를 쓰지 않았다. 생각하고 또 생각해봐도 뭐라고 써야 할지 알 수 없었던 것이다. 결국 다음 날 다시 장관을 찾아가서 설명하기로 했다.

"어제 찾아와 각하를 불편하게 했습니다." 체르뱌코프는 의아한 시선을 던지는 장관에게 말했다. "하지만 말씀하신 것처럼 제가 감히 각하를 놀리려 한 것은 아닙니다. 그저 재채기를 해 침을 튀겼던 것을 사과하고자 했을 뿐이지 놀린다는 생각은 꿈에도 하지 않았습니다. 감히 제가 어떻게 그러겠습니까? 놀린다는 건, 그러니까, 상대방에 대한 존경심이 전혀 없어야 하는……."

"당장 꺼져!" 장관이 소리를 버럭 질렀다. 그는 울그락불그락 하며 몸을 부들부들 떨고 있었다.

"무슨 말씀이신지?" 체르뱌코프가 공포에 질려 속삭이듯 물었다.

"당장 꺼지라고!" 장관이 발을 구르며 다시 소리쳤다.

체르뱌코프는 뱃속에서 무언가가 터진 것 같다고 느꼈다. 아무것도 보이지도 들리지도 않는 상태로 그는 문 쪽으로 뒷걸음질 쳤고 비틀거리며 거리로 나섰다. 기계적으로 걸음을 옮기며 집으로 돌아온 그는 제복을 벗지도 못한 채 소파에 누웠고…… 그대로 죽고 말았다.

—1883

삶에서 하찮은 일

　　　　　　　　페테르부르크에 건물을 소
유하고 있으며 경마장에 자주 드나드는 서른두 살의 젊
은이로 포동포동하고 혈색 좋은 니콜라이 일리치 벨랴
예프가 어느 이른 저녁, 올가 이바노브나 이르니나 집에
갔다. 두 사람은 동거하는 사이, 혹은 니콜라이 일리치의
표현에 따르면 길고 지루한 로맨스를 이어가는 사이다.
이 로맨스의 첫 페이지는 무척이나 흥미롭고 격정적이
었으나 너무 오래 읽다 보니 이제 줄거리가 늘어지고 또
늘어져 신선하거나 흥미로운 부분이 하나도 남지 않게
되어버렸다.

올가 이바노브나가 외출 중이었으므로 우리의 주인공은 응접실의 침대 겸용 소파에 편안하게 자리 잡고 기다리기로 했다.

"안녕하세요, 니콜라이 일리치 아저씨!" 어린아이의 목소리가 들렸다. "엄마는 곧 오실 거예요. 소냐 누나와 함께 의상실에 가셨거든요."

응접실의 다른 소파에 올가 이바노브나의 아들 알료샤가 누워 있었다. 살뜰한 보살핌을 받고 자란 귀여운 여덟 살짜리 꼬마 알료샤는 벨벳 재킷에 검은색 긴 타이츠를 신어 그림 속에서 막 튀어나온 듯한 모습이었다. 공단 쿠션을 베고 누운 아이는 얼마 전에 구경한 서커스 곡예사 흉내를 내며 두 다리를 번갈아 가며 위로 치켜올렸다. 곧고 미끈한 다리가 아프기 시작하자 두 팔을 치켜올리기도 하고 벌떡 일어나 두 손을 바닥에 대고 물구나무를 서려 하기도 했다. 더할 나위 없이 진지한 표정으로 힘들게 헐떡거리는 폼은 가만히 있지 못하는 자기 몸이 못마땅한 것 같았다.

"아, 잘 있었니!" 벨랴예프가 말했다. "네가 여기 있는 줄 몰랐구나. 엄마는 건강하시냐?"

오른손으로 왼쪽 발끝을 붙잡은 지극히 부자연스러운 자세를 하고 있던 알료샤가 몸을 돌려세우더니 술 달린 커다란 전등 갓 너머로 벨랴예프를 쳐다보았다.

"뭐라고 말씀드려야 할까요?" 이렇게 말하고 아이

는 어깨를 으쓱했다. "사실 엄마는 건강한 때가 없거든
요. 엄마는 여자잖아요, 아저씨. 그리고 여자는 언제나
어딘가 아프죠."

벨랴예프는 마땅히 할 일이 없어서 알료샤의 얼굴
을 이리저리 뜯어보기 시작했다. 올가 이바노브나와 친
밀하게 지낸 이후 그는 한 번도 이 꼬마에게 관심을 기
울이지 않았고, 그 존재를 아예 인식조차 하지 않았다.
꼬마는 늘 눈앞에서 알짱거렸지만 아이가 왜 거기 있는
지, 어떤 역할을 하는지에 대해서는 어째서인지 생각하
고 싶지 않았다.

저녁의 어스름 속에서 알료샤의 흰 이마, 그리고 깜
박이지도 않는 검은 두 눈을 보고 있자니 불현듯 로맨스
첫 페이지 시절의 올가 이바노브나가 떠올랐다. 그러자
벨랴예프는 꼬마와 놀아주고 싶어졌다.

"자, 이리 와봐." 그가 말했다. "더 가까운 곳에서 좀
보자꾸나."

꼬마는 소파에서 뛰어내리더니 벨랴예프에게 달려
왔다.

"그래서, 어떠니?" 벨랴예프가 아이의 가냘픈 어깨
에 손을 얹으며 말했다. "뭐 하고 지내니?"

"뭐라고 얘기해야 할까요? 전에는 아주 잘 지냈죠."

"그런데?"

"아주 간단한 일이죠! 전에는 소냐 누나랑 음악하고

책 읽기만 공부하면 됐는데 지금은 프랑스 시도 공부해야 해요. 근데 아저씨는 이발한 지 얼마 안 됐군요!"

"그렇단다."

"그럴 줄 알았어요. 수염이 짧아졌거든요. 수염 좀 만져봐도 되나요? 이렇게 해도 아프지 않아요?"

"하나도 아프지 않단다."

"털 한 가닥을 잡아당기면 아픈데 한꺼번에 잡아당기면 전혀 아프지 않다니 이건 왜 그렇죠? 하하하! 아저씬 구레나룻을 다 밀어버렸네요. 이쪽은 이렇게 면도해도 양옆에 수염을 남겨두었으면 좋았을 텐데⋯⋯."

꼬마가 벨랴예프에게 몸을 착 밀착시키더니 시곗줄을 가지고 장난치기 시작했다.

"중학교에 들어가면 저한테도 엄마가 시계를 사주신댔어요." 아이가 말했다. "이것처럼 줄이 달린 것으로 사달라고 해야겠어요⋯⋯. 아, 로켓이 달려 있군요! 아빠 시계에도 똑같이 로켓이 달려 있거든요. 아저씨 것에는 여기 줄무늬가 있지만 아빠 것에는 글자가 있는 게 다르네요⋯⋯. 아빠 로켓에는 엄마 사진이 들어 있죠. 또 아빠 시계에는 체인이 아니라 끈으로 된 줄이 달려 있어요."

"네가 그걸 어떻게 알지? 아빠를 만나기라도 한 거니?"

"내가요? 음, 아뇨! 난⋯⋯."

비밀이 탄로 났다는 생각에 얼굴이 빨개진 알료샤는 어쩔 줄 모른 채 괜히 손톱으로 시계에 달린 로켓만 긁어댔다. 벨랴예프가 아이를 뚫어지게 쳐다보며 물었다.

"아빠를 만나고 있구나?"

"아, 아니에요!"

"아니라고? 양심에 따라 정직하게 말해야지……. 네 얼굴은 거짓말을 하고 있다고 말하고 있는데. 한 마디 잘못하고 나면 그다음엔 어쩔 수가 없는 거야. 자, 말해봐라. 아빠를 만나는 거지? 친구 사이에 그런 말도 못 해주냐!"

알료샤가 생각에 잠겼다.

"엄마한테 이르지 않을 거죠?" 아이가 물었다.

"그럴 리가 있나!"

"정말이죠?"

"정말이고 말고!"

"맹세하세요!"

"녀석 되게 끈질기게 구는군. 날 어떻게 보고 그러는 거냐!"

알료샤가 주위를 둘러보고 나서 눈을 크게 뜨고 속삭였다.

"하느님을 걸고 엄마한테 이르면 안 돼요. 누구한테도 말하면 안 돼요. 이건 아저씨와 저만의 비밀이니까요. 만일 엄마가 아시면 저뿐만 아니라 소냐 누나도, 펠라게

야도 혼나거든요……. 그럼 말할게요. 저하고 소냐 누나
는 매주 화요일하고 금요일마다 아빠를 만나요. 펠라게
야가 오전 중에 우리를 데리고 산책을 가는데 늘 아프
펠 제과점에 들르죠. 아빠가 거기서 우리를 기다리거든
요. 아빠는 늘 별실에 앉아 계세요. 근데 아세요? 거기엔
진짜 대리석으로 만든 테이블도 있고 등 없는 거위 모양
재떨이도 있어요……."

"거기서 뭘 하니?"

"아무것도요! 처음엔 서로 안부 인사를 하고 테이
블에 앉아 아빠가 사주시는 코코아와 파이를 먹어요. 있
잖아요, 소냐 누나는 고기를 넣은 파이를 먹지만 난 이제
고기 넣은 건 싫어요! 양배추 넣은 거랑 계란 넣은 게 좋
죠. 우리는 거기서 배부르게 먹지만 그래도 집에 돌아와
점심식사를 할 땐 엄마가 눈치채지 못하게 될 수 있는
대로 많이 먹으려고 노력해요."

"거기서 무슨 얘기를 하니?"

"아빠하고요? 뭐든지 다요. 아빠는 우리한테 뽀뽀해
주고 안아주고 아주 우스운 얘기도 해줘요. 그런데요, 우
리가 더 크면 우릴 데려가 같이 살 거래요. 소냐 누나는
싫다지만 난 그러려고요. 엄마가 안 계시면 정말 슬프겠
지만 편지를 쓰면 되죠, 뭐! 휴일마다 엄마한테 가는 것
도 이상한 일은 아니잖아요, 그렇죠? 또 아빠는 나한테
말을 사주신댔어요. 아빠는 정말 친절한 사람이에요! 어

째서 엄마가 아빠하고 같이 살지 않는지, 우리가 아빠를 만나지도 못하게 하는지 모르겠어요. 아빠는 엄마를 무척 사랑하거든요. 아빠는 매번 물어봐요. 엄마가 건강한지, 뭘 하고 지내는지. 엄마가 아팠을 때는 아빠가 두 손으로 머리를 감싸고, 이렇게 말이에요, 허둥지둥 별실 안을 돌아다니기만 했어요. 항상 우리한테 엄마 말 잘 듣고 공손하게 굴라고 말씀하시죠. 그런데 말이에요, 정말로 우리가 불행한 애들인가요?"

"음…… 그건 또 왜?"

"아빠가 그랬어요. 불행한 아이들이라고 말이에요. 그런 말을 들으면 정말 이상해요. 아빠는 우리도, 자신도, 엄마도 다 불행하다고 하죠. 그러면서 자신을 위해, 또 엄마를 위해 기도하라고 하세요."

알료샤가 박제된 새에 시선을 고정시킨 채 생각에 잠겼다.

"그건, 아마도……." 벨랴예프가 머뭇거렸다. "그냥 그렇다는 말이야. 제과점에서 아빠를 만난다는 거구나. 그런데 엄마는 모르신다고?"

"모르세요. 어떻게 알겠어요? 펠라게야는 절대 말하지 않을 거예요. 그저께는 아빠가 배를 사주셨는데 얼마나 달콤했는지 정말 잼 같았어요! 난 두 개나 먹었죠."

"음, 그런데…… 혹시 아빠가 내 얘기는 안 하디?"

"아저씨에 대해서요? 뭐라고 말씀드려야 할까요?"

알료샤는 벨랴예프의 얼굴을 바라보더니 어깨를 으쓱했다.

"특별한 말은 없으셨어요."

"예를 들면 무슨 말을 했는데?"

"화를 내진 않으시겠죠?"

"그럴 리가 있겠니! 내 욕이라도 했니?"

"욕을 한 게 아니라…… 화를 내셨어요. 아저씨 때문에 엄마가 불행한 거고…… 아저씨가 엄마를 망치고 있다고도 했죠. 아빠는 정말 이상해요! 난 아저씨가 좋은 사람이고 엄마한테 소리 지르는 일도 없다고 설명했지만 아빠는 그저 고개를 젓기만 했어요."

"정말 그렇게 말했니? 내가 엄마를 망치고 있다고?"

"네. 화나신 거 아니죠, 아저씨?"

벨랴예프는 일어나 잠시 서 있다가 응접실을 서성이기 시작했다.

"괴상하고…… 또 우스운 일이군!" 그는 어깨를 움츠리고 조롱의 미소를 띠며 중얼거렸다. "잘못은 다 자기가 저질러 놓고 내가 망치고 있다는 둥 그런 소리를 했단 말이지? 대체 누가 희생양인 거야. 그런데도 너한테 내가 네 엄마를 망치고 있다고 했다고?"

"네…… 하지만 아저씨는 화내지 않겠다고 하셨잖아요?"

"난 화를 내는 게 아니야……. 어차피 네가 상관할

일이 아니다! 이거 정말 우습게 됐군! 끌려들어 간 건 나
인데 이제 와서 내가 잘못한 거라니!"

그때 벨 소리가 울렸다. 꼬마가 자리에서 벌떡 일어
나 뛰어나갔고, 잠시 후 어린 소녀와 함께 부인이 응접실
로 들어왔다. 알료샤의 어머니 올가 이바노브나였다. 그
뒤로 두 팔을 휘젓고 큰 소리로 노래를 흥얼거리는 알료
샤가 깡충거리며 뒤따라왔다. 벨랴예프는 그저 고개를
끄덕여 보였을 뿐 계속 응접실을 왔다 갔다 했다.

"물론 나 아니면 누구를 비난하겠어?" 그는 씩씩대
며 중얼거렸다. "그의 말이 옳아! 그쪽이 모욕당한 남편
이니까!"

"무슨 말을 하는 거예요?" 올가 이바노브나가 물었다.

"무슨 말이냐고? 자, 당신 남편께서 무슨 말도 안 되
는 소리를 지껄이고 다니는지 들어봐! 내가 아주 비열하
고 사악한 놈이라서 당신과 아이들을 모두 망치고 있다
는군. 당신들 모두 다 불행하고 나 혼자만 더럽게 행복하
다나! 더럽게, 더럽게 행복하다고!"

"도대체 무슨 소리를 하는 거예요? 그게 무슨 말이
에요?"

"이 젊은 신사 양반한테 물어보라고!" 벨랴예프가
알료샤를 가리켰다.

알료샤의 얼굴이 새빨개졌다가 이어 하얗게 질렸고
충격과 공포로 온통 일그러졌다.

"아저씨!" 꼬마가 커다랗게 속삭였다. "안 돼요!"

놀란 올가 이바노브나가 알료샤를, 이어 벨랴예프를, 그리도 다시 알료샤를 쳐다보았다.

"물어보라니까!" 벨랴예프가 말을 이었다. "당신의 그 펠라게야가, 그 바보 같은 펠라게야가 아이들을 제과점으로 데려가 아빠와 만나게 해주고 있다는군. 아니, 그게 문제가 아니야. 문제는 그는 고통을 당하는 존재이고, 나는 당신 두 사람의 인생을 망쳐놓은 사악한 무뢰한이라는 거야."

"아저씨!" 알료샤가 울먹거리며 말했다. "맹세했잖아요!"

"귀찮게 굴지 마라!" 벨랴예프가 손을 내저으며 말했다. "이건 어떤 맹세보다도 더 중요한 거야. 나는 그 위선을, 그 거짓을 참을 수가 없어!"

"무슨 말인지 모르겠군요!" 올가 이바노브나가 눈물을 글썽이며 중얼거렸다. "들어보자, 알료샤." 어머니는 아들을 향해 돌아섰다. "너 아빠하고 만나니?"

알료샤는 그 말을 듣지 못한 채 벨랴예프에게 공포의 시선을 던지고 있었다.

"어떻게 그럴 수가!" 어머니가 말했다. "펠라게야한테 물어봐야겠구나."

올가 이바노브나가 응접실을 나갔다.

"아저씨, 저한테 맹세했잖아요." 알료샤가 온몸을

떨며 중얼거렸다.

벨랴예프는 그에게 손을 내젓고는 계속해서 응접실 안을 서성거렸다. 모욕감에 사로잡힌 그는 예전에 그랬듯 더 이상 아이의 존재를 인식하지 못했다. 자기 같은 어른은 꼬마 따위에 신경 쓸 필요가 없었다. 알료샤는 구석에 앉아 공포에 질린 채 아저씨가 자기를 어떻게 속였는지 소냐에게 설명했다. 아이는 몸을 떨었고 말을 더듬었으며 눈물을 흘렸다. 난생처음으로 거짓과 거칠게 부딪힌 것이다. 그전까지 아이는 달콤한 배나 파이, 값비싼 시계 외에도 아이들의 말로는 표현할 수 없는 많은 것들이 이 세상에 존재한다는 사실을 알지 못했다.

—1886

우수

내 슬픔 누구에게 말하리오?

저녁 어스름이 깔리고 방금 불이 밝혀진 가로등 주위로 굵은 눈송이가 느릿느릿 떨어져 내린다. 지붕 위에, 말 등에, 어깨며 모자 위에 얇고 부드러운 하얀 층이 만들어진다. 마부 요나 포타포프는 유령처럼 온통 새하얗다. 살아있는 몸뚱이가 웅크릴 수 있는 만큼 최대한 웅크린 채 마부석에 앉아 미동도 하지 않는다. 눈송이가 아니라 설사 눈 더미가 쏟아져 내린다 해도 눈을 털어낼 생각이 전혀 없는 것 같다. 말도 마부처럼 하얗게 눈에 덮인 채 움직이지 않는다. 각진 몸매와 말뚝처럼 곧게 뻗은 다리를 하고 꼼짝 않고 서 있는 말은 1코페이카 동전 한 닢에 팔리는 말 모양 단과자처럼 보일 지경이다. 말 또한 깊은 생각에 잠겨 있는 것이 분명하다. 쟁기를 메고 돌아다니던 익숙한 벌판을 떠나 도깨비 같은 불빛과 잠시도 그치지 않는 소란스러운 소리, 그리고 분주히 뛰어다니는 사람들로 가득 찬 혼란 속에 내던져진다면 누구나 그렇게 깊은 생각에 잠기게 마련이지 않을까……

요나와 말은 오랫동안 그렇게 꼼짝도 하지 않고 가만히 있었다. 오후에 거리로 나왔지만 아직 첫 손님도 태우지 못했다. 그런데 벌써 어스름이 깔리고 있는 것이다. 파리한 가로등은 화려한 거리 풍경에 점차 빛을 잃고 거리의 혼잡은 점점 더 심해진다.

"마부! 비보르그스카야까지!" 어디선가 그들을 부르는 소리가 들린다. "마부!"

요나는 몸을 부르르 떨고는 눈송이가 달라붙은 속눈썹 사이로 두건 달린 외투 차림의 군인을 본다.

"비보르그스카야까지!" 군인이 거듭 외친다. "아니, 자네 졸고 있는 건가? 비보르그스카야까지 가자구!"

알겠다는 표시로 요나는 말고삐를 당긴다. 그 바람에 말 등과 어깨에 쌓였던 눈이 흩어져 떨어진다. 군인이 자리에 앉는다. 마부는 말에게 쯧쯧 소리를 내고 목을 백조처럼 길게 늘여 몸을 곧추세운다. 굳이 필요해서라기보다는 그저 습관상 채찍을 휘두른다. 말 역시 목을 길게 빼고 곧은 다리를 굽히며 주저주저 발걸음을 떼어놓는다……

"어디를 쑤시고 들어오는 거야, 이 자식아!" 앞뒤로 움직이는 검은 행인 무리에서 곧장 이런 고함 소리가 터져 나온다. "도대체 어디로 가는 거야? 오른쪽으로 가야지!"

"마차 몰 줄도 모르나? 오른쪽으로 가야지!" 군인도 화를 낸다.

사륜마차 마부가 욕설을 퍼붓는다. 길을 건너다가 말 머리에 어깨를 부딪친 행인은 잡아먹을 듯 노려보다가 소매에 묻은 눈을 털어낸다. 요나는 바늘방석에라도 앉은 듯 마부석에서 안절부절못한다. 팔꿈치를 양쪽으로 내밀기도 하고 자기가 도대체 어디에 왜 있는지 모르는 정신 나간 사람처럼 두리번거린다.

"멍청한 놈들!" 군인이 투덜거린다. "마차에 부딪치는 놈이 없나, 말 아래로 기어들어 가는 놈이 없나. 모두들 작정이라도 한 모양이군!"

요나가 손님 쪽을 돌아보며 입술을 달싹거린다. 분명 무언가 말하고 싶은 모양인데 목구멍에서는 그렁대는 소리밖에 나오지 않는다.

"뭐라고?" 군인이 묻는다.

요나가 입술을 일그러뜨리며 웃는다. 목구멍에 힘을 주고 쉰 목소리로 말한다.

"나으리, 제 아들놈이…… 이번 주에 죽었답니다."

"아, 어쩌다 그랬지?"

이제 요나는 온몸을 손님 쪽으로 돌리고는 말한다.

"그걸 누가 알겠습니까? 아마도 열병 때문이겠지요……. 사흘 동안 병원에 누워 있다 죽어버렸답니다……. 모두 하느님의 뜻이지요."

"옆으로 비켜, 이 자식아!" 어둠 속에서 누군가가 외친다. "도대체 어디로 가는 거야? 이 늙은 개자식아! 눈은 뒀다 뭘 하는 거야!"

"자, 어서 가자구." 손님이 말한다. "이래가지곤 내일까지도 도착 못 하겠어. 좀 빨리 달리지."

마부는 또다시 목을 길게 빼고 몸을 일으키더니 무거운 손놀림으로 말을 채찍으로 천천히 내리친다. 몇 번이고 뒤를 돌아보지만 눈을 감고 앉은 손님은 무슨 말도 들어줄 태세가 아니다. 비보르그스카야 거리에서 군인을 내려준 요나는 선술집 앞에 말을 세우고 마부석에 웅크린 채 또다시 움직이지 않는다……. 축축한 눈송이가 다시금 요나와 말을 새하얗게 만든다. 시간이 흐른다. 한시간, 다시 한 시간……

욕지거리를 주고받으며 발걸음도 요란하게 세 명의 젊은이가 거리를 따라 걸어온다. 두 사람은 키가 크고 비쩍 말랐고 나머지 한 사람은 난쟁이 꼽추다.

"마부, 폴리체이스키 다리까지!" 꼽추가 듣기 싫은

갈라진 목소리로 외친다. "세 사람에 20코페이카!"

요나는 고삐를 당기고 쯧쯧 혀를 찬다. 20코페이카는 터무니없는 값이지만 그런 건 상관없다. 1루블이면 어떻고 5코페이카면 어떻겠는가. 지금 그에게 그런 건 아무것도 아니다. 손님이 있기만 하면 된다. 젊은이들은 이리저리 서로 떠밀고 욕설을 퍼부으며 자리로 기어오른다. 누가 자리에 앉고 누가 서서 갈 것인지 결정해야 한다. 욕설과 짜증, 비난이 한참 이어진 후 결국 키가 제일 작은 꼽추가 서서 가기로 결정이 난다.

"자, 가자구!" 자리를 잡고 선 꼽추가 요나의 뒤통수에다 대고 소리친다. "어서 말을 몰아! 영감, 그 모자 한번 대단하군! 페테르부르크를 다 뒤져도 그것보다 엉망인 건 못 찾겠는데!"

"흐흐…… 흐흐……." 요나가 웃는다. "뭐, 이런 모자도 있는 거죠……."

"알았으니 어서 빨리 달리기나 해! 계속 이런 식으로 갈 참인가, 응? 목덜미라도 한 대 후려갈겨 줘야 되나?"

"머리가 깨질 것 같군." 키다리 중 하나가 말한다. "어제 두크마소프네서 바시카하고 둘이서 코냑을 네 병이나 마셨거든."

"왜 그런 거짓말을 하는지 모르겠군." 또 다른 키다리가 성을 낸다. "빌어먹을 소리 집어치워!"

"벼락을 맞겠다, 거짓말이라면……."

"그건 말이야, 벼룩이 기침을 하는 것만큼 진실이지."

"히히!" 요나가 싱글거린다. "재미있는 분들이셔!"

"아니, 이 염병할 놈 같으니라구!" 꼽추가 화를 낸다. "이봐, 가는 거야, 마는 거야? 계속 이런 식으로 갈 건가? 채찍을 내리치라구, 힘껏! 이랴, 이랴! 좀 달려보라구!"

등 뒤에서 꼽추가 몸을 흔들며 떨리는 목소리로 말하는 것이 느껴진다. 자기에게 욕설을 퍼붓는 사람들을 보고 있으면 가슴 속 외로움이 조금씩 옅어진다. 꼽추는 숨이 막히고 기침이 터져 나올 때까지 거친 욕지거리를 퍼붓는다. 키다리들은 나제쥬다 페트로브나라는 여자 이야기를 시작한다. 요나가 흘긋 뒤돌아본다. 잠시 말이 끊어진 틈을 타서 다시 뒤를 돌아보며 중얼거린다. "이번 주에 제 아들놈이 죽었답니다."

"누구든 죽게 마련이지……." 한바탕 기침을 하고 난 꼽추가 입술을 닦으면서 한숨을 내쉰다. "자, 어서 가자구! 이보게들, 난 더 이상 못 참겠는걸! 이놈의 마부를 믿다간 도대체 언제 도착할지 모르겠어!"

"그럼 자네가 저 영감한테 본때를 좀 보이지 그래? 목덜미를 후려갈기라고!"

"이 영감탱이야, 들리나? 모가지를 갈겨주겠어! 점

잖게 대하니까 정말 안 되겠군. 숫제 걸어가는 게 낫겠어! 이봐, 듣고 있나? 우리 말이 말 같지 않은가?"

꼽추가 목덜미를 내리치지만 아픔보다는 소리로 알아챌 뿐이다.

"흐흐흐……." 요나가 웃는다. "재미있는 분들이셔. 부디 건강들 하슈!"

"마부, 자네 결혼은 했나?" 키다리가 묻는다.

"저 말입니까? 흐흐흐…… 재미있는 분들이셔! 마누라가 하나 있지요. 축축한 땅속에 말입니다……. 흐흐흐, 무덤 속에요! 아들놈도 죽었는데 저는 이렇게 살아 있군요. 참 이상하지요. 죽음이 잘못 찾아온 모양이에요……. 저 대신 아들놈한테 왔으니 말입니다……."

요나는 아들이 어떻게 죽었는지 이야기하려고 뒤돌아보지만, 바로 그때 꼽추가 안도의 한숨을 내쉬며 이제야 겨우 다 왔다고 외친다. 20코페이카를 받아들고 요나는 한참 동안 어두운 현관 안으로 사라지는 주정뱅이들의 뒷모습을 바라본다. 다시 혼자가 되고 침묵이 주위를 감싼다……. 잠시 잦아들었던 슬픔이 다시 고개를 쳐들고는 더 큰 고통으로 가슴을 쥐어뜯는다. 절망이 가득한 요나의 두 눈이 길 양편을 분주히 오가는 사람들을 훑는다. 이 수많은 사람들 중에서 요나의 말을 들어줄 사람이 단 한 명도 없는 걸까? 하지만 사람들은 요나의 존재도, 그 슬픔도 알지 못하고 그저 지나칠 뿐이다. 슬픔은 너무 깊어 그 끝을 알 수 없다. 요나의 가슴이 터져 폭포수처럼 슬픔이 흘러나오면 온 세상을 다 잠기게 할 수도 있으련만 그런 슬픔은 눈에 보이지 않는 법이다. 지금 슬픔은 아주 작은 공간 안에 갇혀 있어 밝은 낮에 불까지 비춰가며 찾는다 해도 보이지 않을 것이다.

요나는 짐을 든 문지기를 보고 그와 이야기를 나눠보려 한다.

"죄송하지만 지금 몇 시지요?" 요나가 묻는다.

"아홉 시가 넘었구먼. 한데 왜 여기 서 있는 거요? 어서 가요!"

요나는 마차를 조금 움직이는가 싶더니 이내 몸을 웅크리고 슬픔에 자신을 맡겨버린다……. 사람들에게 말을 걸어보았자 아무 소용없다. 하지만 5분도 채 지나지 않아 다시 몸을 곧추세우고 머리를 흔든다. 마치 날카로운 고통이라도 느낀 듯이. 혀를 쯧쯧 찬다. 견딜 수가 없다.

'마구간으로 돌아가자. 그래, 그게 좋겠어.' 요나는 생각한다.

말은 벌써 마부 생각을 알아차리고 달리기 시작한다. 한 시간 반이 지난 후 요나는 커다랗고 더러운 난로 앞에 홀로 앉아 있다. 난로 주변에서, 마룻바닥에서, 긴 의자에서 사람들이 코를 골며 잔다. 답답한 공기에 숨이 막힐 것 같다. 요나는 잠자는 사람들을 바라보며 몸을 긁적이다가 일찍 돌아온 것을 후회한다……

'귀리 값도 못 벌었군.' 요나는 생각한다. '그래서 이렇게 울적한 거야. 자기가 해야 할 일이 무엇인지 알고, 자기나 말을 제대로 먹이는 사람이라면…… 늘상 마음이 편안한 법이지.'

한구석에서 자고 있던 젊은 마부가 몸을 일으킨다. 잠에 취해 웅얼거리며 물동이 쪽으로 간다.

"목이 마른가?" 요나가 묻는다.

"네. 물을 마셔야겠어요."

"어서 마시게……. 그런데 이보게, 우리 아들이 죽었다네……. 듣고 있나? 이번 주에 병원에서 그랬다네. 어떻게 된 거냐 하면,"

요나는 상대의 반응이 어떤지 쳐다봤지만 아무것도 보이지 않는다. 젊은이는 머리까지 이불을 푹 뒤집어쓰고 벌써 잠들고 말았다. 요나는 한숨을 쉬고 몸을 긁는다……. 젊은이가 물을 마시고 싶었던 것처럼 그는 이야기가 하고 싶다. 아들이 죽은 지 벌써 한 주가 다 되어 가는데 여태껏 아무한테도 그 얘기를 하지 못했다……. 천천히 모든 걸 다 얘기하지 않으면 안 된다……. 어떻게 해서 병에 걸렸는지, 얼마나 고통스러워했는지, 죽기 전에 무슨 말을 했는지, 어떻게 죽었는지……. 장례식 때 일도, 죽은 아들의 옷을 찾으러 병원에 갔을 때 일도 모두 말해야 한다. 시골에는 딸아이 아니시아가 남아 있다.

그 애 얘기도 해야 하는데……. 해야 할 말이 얼마나 많은지! 이 얘기를 듣는 사람은 모두 한숨을 쉬며 탄식하고 눈물을 흘릴 것이다……. 상대가 여자라면 더 좋을 것이다. 여자들은 바보스럽긴 해도 몇 마디만 듣고 나면 울음을 터뜨리니 말이다.

'말이나 보러 가자.' 요나는 생각한다. '잠이야 언제든 잘 수 있잖아……. 얼마든지 말이야…….'

옷을 걸치고 마구간으로 간다. 귀리며 건초, 날씨 생각을 한다……. 혼자 있을 때는 아들 일을 생각할 수가 없다……. 누구건 그의 말을 들어주는 사람이 있으면 모를까, 혼자서 아들을 떠올리고 그 모습을 그려보는 것은 참을 수 없이 괴롭다…….

"먹는 중이구나?" 요나는 반짝반짝 빛나는 말의 눈을 바라보며 묻는다. "어서 먹어. 그래, 귀리 살 돈은 못 벌었어도 건초는 먹을 수 있지……. 그래, 이제 난 마차를 몰기엔 너무 늙었어……. 그래. 내가 아니라 아들놈이 몰았어야 하는데. 그 앤 훌륭한 마부였지. 그놈만 살아있다면……."

요나는 잠시 말을 멈췄다가 계속한다.

"그래, 이 녀석아. 쿠지마 요니치는 이제 세상에 없단다……. 먼 곳으로 갔어. 아무 보람도 없이 죽어버렸지……. 자, 너에게 망아지가 있다고 해보자. 넌 그 망아지의 엄마가 되는 거지……. 그런데 갑자기 그 망아지가 죽어버린 거야. 그럼 얼마나 슬프겠니?"

　　말은 입을 우물거리며 열심히 듣는다. 주인의 손에
입김을 불기도 한다⋯⋯.

　　요나는 말에게 모든 것을 이야기한다⋯⋯.

—1886

반카

석 달 전 제화공 알랴힌 밑으로 들어가 일을 배우고 있는 아홉 살짜리 사내애 반카는 성탄 전날 밤 잠자리에 들지 않았다. 제화공네 식구와 다른 도제들이 모두 자정 미사를 보러 갈 때까지 기다렸다가 제화공네 벽장에서 잉크병과 촉에 녹이 슨 펜을 꺼내 구겨진 종이를 앞에 펼쳐놓고는 편지를 쓰기 시작했다. 첫 글자를 쓰기 전에 반카는 몇 번이고 겁먹은 눈으로 문과 창문 쪽을 흘끗거렸고, 구두골이 놓인 선반 사이 어두운 곳에 놓인 성상聖像을 곁눈질하는가 하면, 한숨을 쉬기도 했다. 걸상에 종이를 놓고 자기는 그 앞에 무릎을 끓은 채였다.

'사랑하는 할아버지 콘스탄틴 마카리치께' 반카는 편지를 쓰기 시작했다. '할아버지께 이렇게 편지를 씁니다. 성탄을 축하드리고 신의 은총이 함께 하시길 빌어요. 저한테는 엄마 아빠가 없으니 오로지 할아버지뿐이에요.'

반카는 눈길을 돌려 어두운 창문을 바라보았다. 일렁이는 촛불이 반사되고 있었다. 지바료프 지주댁 야간 경비원으로 일하는 할아버지 콘스탄틴 마카리치의 모습이 생생하게 떠올랐다. 체구가 작고 여윈 몸이긴 해도 드물게 민첩하고 활기찬 할아버지는 예순다섯 살로 늘 웃는 얼굴에 술에 취한 눈빛을 하고 있었다. 낮이면 북적거리는 부엌에서 잠을 자거나 요리사 아줌마들과 농담을 했고, 밤이 되면 커다란 가죽옷을 두르고는 나무 막대기를 땅에 두드려 딱딱 소리를 내면서 저택 주변을 돌아다녔다. 그 뒤로 늙은 개 카슈탄카와 수캐 미꾸라지가 고개를 숙인 채 따라다닌다. 미꾸라지는 검은 털빛, 그리고 족제비처럼 긴 몸 때문에 그런 이름이 붙었다. 이 미꾸라지란 녀석은 아는 사람 앞이든 모르는 사람 앞이든 한결같이 순종적이고 귀엽게 굴지만 신용은 없다. 순종과 귀여움 뒤에 교활함이 숨어 있기 때문이다. 살금살금 다가가 다리를 물어뜯거나 저장고에 숨어들거나 농부의 암탉을 훔치는 데는 미꾸라지를 따를 개가 없다. 뒷다리가 부러진 것만 해도 여러 번이었고 두 번인가는 거꾸로 매달렸으며 일주일이 멀다 하고 초주검이 되도록 얻어맞아도 미꾸라지는 늘 되살아나곤 했다.

지금쯤 할아버지는 대문께에 서서 눈을 가늘게 뜨고 색색으로 빛나는 성당 창문을 바라보고 계실 거야. 장화 신은 발을 쿵쿵 구르면서 문지기들과 우스갯소리를 하고 계시겠지. 늘 그렇듯이 허리에는 막대기가 매달려 있고 추위에 몸을 움츠리면서도 손뼉을 치고 노인답게 킬킬거리다가는 하녀를, 이어 요리사 아줌마를 슬쩍 꼬집을지도 몰라.

"냄새 한번 맡아보겠나?" 이렇게 말하면서 할아버지는 아줌마들한테 코담배갑을 내밀기도 한다.

그러면 아줌마들은 냄새를 맡고 재채기를 해댄다. 그러면 할아버지는 재미있어 어쩔 줄 모르며 배를 잡고 웃다가 외친다. "어서 털어 내슈! 얼어붙어 버릴지도 모르니!"

개들한테도 코담배 냄새를 맡게 한다. 카슈탄카는 재채기를 하고 찡그린 표정으로 기분 상한 듯 한쪽 구석으로 물러난다. 미꾸라지 녀석은 순종해야 하니 재채기를 참고 꼬리를 친다. 날씨는 또 얼마나 좋을까. 대기는 고요하고 투명하며 상쾌하다. 어두운 밤이지만 하얀 지붕과 굴뚝에서 솟아오르는 연기, 서리 내린 은빛 나무들 그리고 눈더미까지 모두 훤히 보인다. 하늘은 즐겁게 반짝이는 별들로 가득하고 은하수는 성탄을 맞아 눈으로 깨끗이 닦아낸 것처럼 그렇게 선명할 거야.

반카는 한숨을 내쉬더니 펜에 잉크를 찍고 다시 써 내려갔다.

'어제는 주인아저씨가 저를 막 때렸어요. 주인댁 아기 요람을 흔들다가 깜박 잠이 들었거든요. 그랬더니 제 머리채를 잡고는 마당까지 질질 끌고 가 가죽끈으로 호되게 때리지 뭐예요. 또 지난주에는 주인아주머니가 청어를 다듬으라기에 꼬리부터 다듬기 시작했더니 글쎄, 그 청어 대가리로 제 얼굴을 쿡쿡 찔러댔어요. 견습공들도 저를 아주 업신여겨요. 술집에서 보드카를 사 오라는 심부름을 시키는가 하면 또 주인댁에서 오이도 강제로 훔쳐내게 했어요. 결국 주인한테 닥치는 대로 얻어맞은 건 저였죠. 먹는 것도 형편없어요. 아침은 빵 한 쪽, 점심은 죽, 그리고 저녁은 다시 빵이에요. 차나 수프 같은 건 주인댁 식구들만 게걸스레 먹어대요. 잠도 건초 위에서 자라고 해요. 하지만 주인댁 아기가 울면 요람을 흔들어 주어야 하니 그나마 잠도 제대로 잘 수 없어요. 사랑하는 할아버지, 제발 부탁이니 저를 시골집으로 다시 데려가 주세요. 여기서는 배울 게 하나도 없어요……. 무릎 꿇고 빌게요. 여기서 절 데려가 주세요. 그러지 않으면 전 죽고 말 거예요.'

반카는 입을 삐죽거리다가 새까만 주먹으로 눈가를

닦아내고 다시 훌쩍거렸다.

'제가 담뱃잎도 부숴드릴게요. 기도도 드리고요. 혹시라도 제가 잘못하는 게 있다면 저를 얼마든지 때리셔도 좋아요. 제가 할 수 있는 일이 없다고 생각하지 마세요. 관리인 아저씨 장화를 닦아드릴 수도 있고 페드카 대신 양치기를 해도 좋아요. 보고 싶은 할아버지, 여기서는 아무 희망이 없어요. 죽는 일밖에는요. 당장 시골로 달려가고 싶지만 장화도 없고 얼어 죽을까 봐 겁이 나요. 제가 어른이 되면 할아버지를 잘 보살펴 드릴게요. 아무도 할아버지를 함부로 대하지 못하도록 하겠어요. 그리고 할아버지가 돌아가시고 나면 엄마가 돌아가셨을 때 그랬던 것처럼 할아버지의 안식을 위해 기도드릴 거예요.

모스크바는 정말 큰 도시예요. 집들은 전부 지주 댁만큼이나 커요. 말은 많지만 양은 없어요. 개들도 다 착해요. 여기 아이들은 별이 뜨고 나면 밖에 돌아다니지 않아요. 교회 성가대석은 아무나 가서 노래 부르지 못하게 되어 있고요. 저번에는 상점 진열창에서 줄이 달린 낚싯바늘을 보았어요. 어떤 물고기든 낚을 수 있는 아주 좋은 바늘인데 어떤 건 20킬로그램이나 되는 메기도 잡을 수 있을 정도예요. 또 귀족 나리들 것하고 비슷하게 생긴 여러 가지 권총을 파는 가게도 보았어요. 아마 한 자루에 백 루블은 나갈 것 같아요……. 고깃간에는 멧닭도 있고 들꿩, 토끼까지 있어요. 그런 건 다 어디서 잡느냐고 물어보았지만 아무도 대답해주지 않았어요.

　　사랑하는 할아버지, 주인댁에서 성탄 나무 장식을 하면서 금박 입힌 호두 하나를 제 몫으로 떼어 초록색 상자에 넣어주세요. 올가 아줌마한테 반카 것을 챙겨달라고 말씀하시면 될 거예요.'

　　반카는 한숨을 내쉬며 다시 창문 쪽을 쳐다보았다. 주인댁 성탄 나무를 베러 숲에 갈 때 할아버지는 늘 자기를 데려가곤 했다. 정말 얼마나 즐거운 시간이었는지! 할아버지가 소리를 치면 차가운 바람도 큰 소리를 내고 그 광경을 바라보던 반카 역시 신나게 소리를 질렀다. 나무를 베기 전 할아버지는 담배를 피우고 오랫동안 코담배 냄새를 맡으면서 새빨갛게 얼어버린 자기를 놀려대곤 했지……. 서리를 뒤집어쓴 어린 전나무들은 꼼짝 않고 서서 누가 베어져 죽게 될지 기다리는 것 같았다. 갑자기 산토끼 한 마리가 나타나 눈더미 사이로 쏜살같이 달아난다. 그러면 할아버지는 고함을 지른다. "잡아라, 잡아! 저런, 꼬리는 짧은 놈이 빠르기도 하군!"

　　할아버지가 성탄 나무를 베어 주인댁에 가져다 놓고 나면 장식을 하기 시작했다. 반카가 좋아하는 올가 아줌마가 신경을 제일 많이 쓰고 분주했다. 반카의 엄마 펠라게야가 죽기 전 주인댁 하녀로 일하고 있을 때 올가 아줌마는 반카에게 사탕도 갖다주고 짬이 날 때마다 읽고 쓰기, 100까지 숫자 세기, 심지어는 춤추는 법까지 가르쳐주었다. 하지만 엄마가 죽고 고아가 된 반카는 부엌의 할아버지한테로 밀려났고 마침내 모스크바의 제화공 알랴힌에게 보내진 것이다…….

'제발 오셔서 저를 데려가 주세요, 제발요. 고아인 저를 불쌍히 여겨주세요. 모두 저를 때리기만 해요. 전늘 배가 고파요. 슬픈 것은 말할 것도 없고요. 입만 열면 울음이 나오는걸요. 얼마 전에는 주인아저씨한테 각목으로 머리를 맞는 바람에 쓰러졌다가 간신히 정신을 차렸어요. 제 생활은 개만도 못해요……. 알료냐, 애꾸눈 에고르카와 마부 아저씨께도 안부 전해주세요. 그리고 제 아코디언은 아무한테도 주시면 안 돼요. 저 이반 주코프는 영원히 할아버지의 손자예요. 사랑하는 할아버지, 저를 데리러 어서 오세요.'

반카는 편지를 두 번 접어 전날 사놓은 봉투에 넣었다……. 그리고 잠시 궁리를 하다가 펜에 잉크를 적셔 주소를 썼다.

시골에 계신 할아버지께

머리를 긁적이며 다시 생각하더니 '콘스탄틴 마카리치께'라고 덧붙였다. 편지를 쓰는 동안 아무에게도 방해받지 않아 다행이었다. 반카는 모자만 집어 들고 외투도 걸치지 않은 채 셔츠 바람으로 거리로 뛰어나갔다…….

　편지를 우체통에 넣으면 술 취한 마부가 끄는 우편 마차가 종을 울리며 그 편지를 세상 어디라도 배달해준 다는 얘기를 어제 고깃간 사람들한테 들었다. 반카는 가장 가까운 우체통으로 뛰어가 귀중한 편지를 밀어 넣었 다…….

　한 시간쯤 지나 반카는 달콤한 기대에 차서 깊이 잠들었다……. 꿈속에서 커다란 벽난로가 보인다. 난로 옆에서 할아버지가 앉아 맨발을 흔들며 요리사 아줌마들에게 편지를 읽어준다……. 난로 주위로 약삭빠른 수캐 미꾸라지가 꼬리를 흔들며 돌아다닌다.

—1886

자고 싶다

한밤중이다. 열세 살 먹은 애
보기 바르카는 아기가 누운 요람을 흔들며 들릴 듯 말
듯 흥얼거린다.

자장자장 아가야 자자
자장가를 불러주마

앞쪽에선 초록색 램프가 타고 있다. 방 한쪽 모서리
에서 대각선 모서리까지 방 전체를 가로질러 매 놓은 빨
랫줄에는 기저귀와 커다란 검은 바지가 걸렸다. 램프의

불빛이 천장에 커다란 초록빛 원을 그리고 기저귀며 바지는 벽난로, 요람 그리고 바르카 위에 길게 그림자를 드리운다. 불빛이 깜박이면 원과 그림자도 함께 흔들흔들 움직인다. 마치 바람이라도 부는 듯. 공기가 답답하다. 양배추 수프 냄새, 신발 가죽 냄새가 난다.

아기가 운다. 벌써 한참 전에 목이 쉬어 울 수도 없을 텐데 그래도 소리를 낸다. 언제 조용해질지 알 수 없다. 바르카는 자고 싶다. 두 눈이 감기고 고개가 저절로 숙여진다. 목이 아프다. 눈꺼풀도, 입술도 움직일 수가 없다. 얼굴에서 물기가 다 빠져나가 감각이 사라지고 머리는 바늘귀처럼 작아진 것 같은 느낌이다.

"자장자장 아가야 자자." 바르카가 중얼거린다. "그럼 죽을 끓여주마."

벽난로에서 귀뚜라미가 운다. 문 닫힌 옆방에서는 주인과 도제 아파나시가 코를 곤다. 요람은 삐걱대는 소리를 내고 바르카는 자장가를 부른다. 이 모두가 밤의 나른한 음악으로 합쳐진다. 잠자리에서는 참으로 달콤했을 그 음악이 지금 바르카에게는 그저 힘겹기만 하다. 자꾸 비몽사몽 상태로 몰고 가기 때문이다. 하지만 바르카는 자면 안 된다. 혹시라도 잠들었다가는 안주인한테 두들겨 맞을 것이다.

램프 불빛이 깜박인다. 초록빛 원과 그림자가 흔들거리며 반쯤 감겨 움직이지 않는 바르카의 두 눈 속을 채운다. 반쯤 잠들어버린 머릿속에서 흐릿한 풍경이 펼쳐진다. 검은 구름이 다투어 흘러가면서 아기처럼 소리친다. 갑자기 바람이 불더니 구름이 사라지고 넓은 길이 나타난다. 시궁창 물이 흥건하다. 길을 따라 짐마차들이 늘어서 있고 등에 보따리를 진 사람들이 느릿느릿 움직인다. 무언가의 그림자가 앞뒤로 흔들린다. 길 양쪽으로는 혹독하게 차가운 어둠 사이로 숲이 보인다. 갑자기 보따리를 진 사람들과 그림자가 시궁창 땅바닥으로 쓰러진다. "무슨 일이에요?" 바르카가 물으니 "자는 거야, 자는 거!"라는 대답이 나온다. 모두 깊고 달콤한 잠에 빠져든다. 전신주에 앉은 까마귀와 까치는 아기처럼 소리치며 사람들을 깨우려 한다.

"자장자장 아가야 자자." 중얼거리던 바르카가 이번에는 어둡고 답답한 오두막 안에 있는 자신을 본다.

돌아가신 아버지 예핌 스테파노프가 바닥에 웅크린 채 뒤척인다. 보이지 않아도 고통스럽게 꿈틀거리며 신음하는 소리가 들린다. 아버지 말로는 '창자가 빠져버린' 탓이라고 한다. 통증이 어찌나 심한지 한마디도 하지 못한다. 숨을 몰아쉴 때마다 이 사이로 소리가 새어 나온다. "부, 부, 부……."

엄마 펠라게야는 예핌이 죽어간다는 걸 알리기 위해 주인댁으로 달려갔다. 벌써 간 지 한참인데 아직도 돌아오지 않는다. 바르카는 잠자리에 누웠지만 자지 않고 아버지의 부부거리는 소리를 듣는다. 누군가 오두막으로 다가오는 소리가 들린다. 마침 주인댁에 손님으로 온 젊은 의사선생이 들른 것이다. 의사가 오두막 안으로 들어온다. 어두워서 모습은 보이지 않지만 재채기를 하며 문여는 소리가 들린다.

"불 좀 켜보시오." 의사가 말한다.

"부, 부, 부……." 아버지가 대답한다.

엄마가 난로로 달려가 성냥 통을 찾으려 더듬거린다. 침묵 속에 몇 분이 흐른다. 의사가 주머니를 뒤져 성냥에 불을 붙인다.

"나리, 잠시만요." 엄마가 이렇게 말하며 밖으로 달려 나갔다가 잠시 후 몽당양초를 들고 들어온다.

아버지의 두 볼이 벌겋고 눈은 번쩍인다. 시선이 어찌나 날카로운지 오두막과 의사를 꿰뚫어 보는 듯하다.

"자, 대체 어떻게 된 거요?" 의사가 아버지 위로 몸을 굽힌다. "아니, 언제부터 이랬소?"

"뭐가 말입니까요? 그저 죽을 때가 된 것입죠. 도저히 살아날 방법이……."

"말도 안 되는 소리! 치료해야지!"

"말씀만으로도 고맙습니다요. 하지만 저희도 압니다. 벌써 죽음이 저만치 왔다는 걸요."

의사는 15분 정도 예핌을 살핀 후 일어난다. "내가 할 수 있는 일은 없소. 병원에 가서 수술받아야 해. 당장,

머뭇거리지 말고 당장 가시오! 너무 늦은 시간이라 병원 사람들이 다 자고 있겠지만 괜찮소. 내가 소견서를 써줄 테니. 듣고 있소?"

"근데 나리, 어떻게 병원에 가죠?" 엄마가 묻는다. "타고 갈 말이 없는뎁쇼."

"내가 주인한테 말하지. 말을 내줄 거요."

의사가 나가고 촛불이 꺼지자 다시금 "부, 부, 부……" 소리가 들린다. 반 시간쯤 지나자 마차 소리가 들린다. 주인댁에서 마차를 내준 것이다. 아버지가 채비를 하고 출발한다.

밝고 화창한 아침이 되었다. 엄마는 집에 없다. 아버지가 어떻게 되었는지 알아보러 병원에 간 것이다. 어딘가에서 아기 울음소리가 들린다. 누군가 바르카 자신의 목소리로 노래를 부른다. "자장자장 아가야 자자. 자장가를 불러주마."

엄마가 돌아왔다. 성호를 그으며 속삭인다. "밤중에 치료를 했지만 아침에 하늘나라로 가버리셨단다. 거기서 영원한 안식이 있기를……. 너무 늦었대, 조금만 빨랐어도……."

바르카는 숲으로 들어가 운다. 그런데 갑자기 뒤통수를 세게 얻어맞는 바람에 자작나무에 이마를 처박고 만다. 눈을 들어보니 제화공인 주인이 서 있다. "이런 망할 것이 있나! 아기가 우는데 잠을 자!"

주인은 바르카의 귀를 아프게 잡아당긴다. 바르카는 고개를 흔들고 요람을 움직이며 노래를 흥얼거린다. 초록빛 원, 그리고 바지와 기저귀 그림자가 흔들리며 또다시 금세 정신이 혼미해진다. 시궁창 물이 흥건한 길이 다시 나타난다. 등에 보따리를 진 사람들과 그림자들이 여기저기 누워 깊이 잠들어 있다. 바르카는 못 견디게 자고 싶다. 누울 수 있다면 얼마나 좋을까. 하지만 옆에서 걸어가는 엄마가 바르카를 재촉한다. 일자리를 구하러 도시로 가는 길이다.

"신의 은총이 함께 하시길!" 엄마는 행인들에게 구걸한다. "제발 도와주세요!"

"아기를 이리 줘." 익숙한 목소리가 대답을 한다. "아기를 이리 달라니까!" 그 목소리가 같은 말을 반복한다. 매우 화가 난 날카로운 목소리다. "안 들리니, 망할 것아?"

바르카는 벌떡 일어나 주위를 둘러보고서야 상황을 알아차린다. 길거리도, 엄마도, 행인도 없다. 아기에게 젖을 먹이러 온 안주인이 방 안에 서 있다. 뚱뚱하고 어깨가 떡 벌어진 안주인이 아기에게 젖을 먹이고 달래는 동안 바르카는 서서 기다린다. 창밖은 벌써 부옇게 밝아오고 그림자와 천장의 초록빛 원도 흐려진다. 곧 아침이다.

"자, 받아!" 안주인이 가슴께를 여미며 말한다. "자꾸 우는 걸 보니 부정을 탄 모양이야."

바르카가 아기를 안아 요람에 누이고 다시 흔들기 시작한다. 초록빛 원과 그림자는 조금씩 사라져 더 이상 머리를 혼미하게 만들지 않는다. 하지만 자고 싶은 마음은 아까와 같다. 너무도 간절하게 자고 싶다! 바르카는 요람 가장자리에 머리를 대고 온몸을 움직여 흔들면서 잠을 쫓으려 하지만 자꾸만 눈이 감기고 머리가 무겁다.

"바르카, 난로에 불 피워!" 밖에서 안주인 목소리가 울린다.

이제 일어나 일을 시작해야 할 시간이다. 바르카는 요람을 떠나 헛간에 장작을 가지러 간다. 기쁘다. 이리저리 뛰어다니다 보면 가만히 있을 때보다는 자고 싶은 마음이 덜하다. 장작을 가져와 불을 피우자 딱딱했던 얼굴이 풀리고 생각도 또렷해진다.

"바르카, 차를 준비해!" 안주인이 소리친다.

바르카가 나뭇가지를 난로에 집어넣는다. 하지만 불을 붙여 사모바르^{숯 등을 집어넣어 물을 끓이는 러시아식 주전자}에 석탄을 넣기도 전에 다시 명령이 떨어진다. "바르카, 주인님 덧신을 닦아!"

바르카는 바닥에 앉아 덧신을 닦으면서 그 크고 깊은 덧신에 머리를 박고 잠깐이라도 눈을 붙이면 얼마나 좋을까 생각한다……. 갑자기 덧신이 부풀어 올라 커지더니 온 방 안을 채운다. 바르카는 솔을 떨어뜨린다. 순간 고개를 흔들고 눈을 부릅떠 눈앞의 물건들이 멋대로 커지거나 움직이지 않게끔 한다.

"바르카, 바깥쪽 계단을 닦아. 손님들에게 좋은 인상을 줘야지!"

바르카는 계단을 청소하고 방을 정돈하고 다른 난로에 불을 피운 후 상점으로 뛰어간다. 일이 많아 잠시도 쉴 틈이 없다.

제일 힘든 건 부엌에 앉아 감자껍질을 벗기는 일이다. 머리가 저절로 앞으로 떨어지고 감자가 눈앞에서 어른거리며 칼이 손에서 떨어진다. 소매를 걷어 올린 뚱뚱한 안주인은 주변을 돌아다니며 귀가 먹먹해질 만큼 큰소리로 떠들어댄다. 식사 시중을 드는 것도, 빨래와 바느질을 하는 것도 힘들다. 다 집어치우고 바닥에 쓰러져 자고 싶은 순간이 계속 찾아온다.

하루가 지나간다. 창밖이 어두워진다. 바르카는 감각 없는 관자놀이를 누르면서 이유도 없이 히죽 웃는다. 저녁 어스름이 무거운 눈꺼풀을 달래며 곧 깊은 잠을 잘 수 있다고 약속하는 듯하다. 저녁때 주인댁에 손님들이 온다.

"바르카, 차를 준비해!" 안주인이 외친다.

사모바르가 너무 작아서 모두가 차를 마시기까지 다섯 번이나 끓여야 한다. 차 시중이 끝난 후에도 바르카는 한 시간 내내 같은 자리에 서서 손님들을 바라보며 명령을 기다린다.

"바르카, 어서 가서 맥주 세 병 사 와!"

바르카는 잠을 쫓기 위해 가능한 한 빠르게 몸을 움직인다.

"바르카, 보드카 사 와! 바르카, 병따개 어디 있지? 바르카, 청어를 씻어!"

마침내 손님들이 떠났다. 불이 꺼지고 주인 내외는 잠자리에 든다.

"바르카, 아기 좀 흔들어 재워!" 마지막 명령이다.

난로에서 귀뚜라미가 운다. 천장의 초록빛 원, 바지와 기저귀가 만든 그림자가 다시금 반쯤 감긴 바르카 눈앞을 채우고 머리를 혼미하게 한다.

"자장자장 아가야 자자. 자장가를 불러주마."

하지만 아기는 소리를 지르고 끝없이 울어댄다. 바르카는 다시금 더러운 거리를, 보따리 진 사람들을, 엄마와 아버지를 본다. 다 아는 내용, 다 아는 이들이다. 다만 비몽사몽인 상태에서 자기 팔다리를 붙잡아 매고 내리누르며 못살게 구는 그 힘이 무엇인지는 알 수가 없다. 그 힘을 찾아내 벗어나고자 주위를 둘러보지만 보이지 않는다. 마침내 고통의 한계에 다다른 바르카는 남은 기운을 짜내 일렁이는 초록빛 원을 올려다본다. 소리가 들린다. 드디어 자기를 못살게 구는 적을 발견한 것이다.

그 적은 바로 아기다.

바르카는 웃는다. 어떻게 이 쉬운 답을 진작 알아차

리지 못했을까? 초록빛 원, 그림자, 귀뚜라미도 어이없어
하면서 웃어대는 것 같다.

거짓 환상이 바르카를 사로잡는다. 걸상에서 일어
나 활짝 웃으며 방 안을 돌아다닌다. 눈을 깜박거리지도
않는다. 드디어 자기 손발을 묶어버린 아기에게서 벗어
날 수 있다는 생각에 기쁘고 설렌다. 아기를 죽여버리고
그다음엔 잠을 자는 거야, 잠을…….

웃으면서 손가락으로 초록빛 원을 일그러뜨리면서
요람으로 살며시 다가가 아기 위로 몸을 굽힌다. 목을 조
른 다음 서둘러 바닥에 눕는다. 잘 수 있다는 게 기뻐서
웃다가 금세 잠이 든다. 죽은 듯 깊은 잠이.

—1888

6호 병동

1

병원 앞마당에 자그마한 별채가 있다. 우엉이며 엉겅퀴, 야생대마가 무성하게 자라 주위를 둘러쌌다. 지붕은 붉게 녹슬었고 굴뚝은 반쯤 허물어졌으며 썩어가는 입구 계단에는 풀이 자랐다. 벽의 칠은 희미하게 흔적만 남았다. 병원 쪽이 별채의 전면이고 후면은 들판을 향해 있는데 경계선에 날카로운 못이 박힌 회색빛 병원 담장이 있다. 날카로운 부분을 위쪽으로 하여 박힌 못들, 담장, 별채의 모습은 병원이나 감옥에서나 볼 수 있는 음산하고 저주받은 분위기를 풍긴다.

엉겅퀴에 찔려도 상관없다면 별채로 이어지는 좁은 길을 따라가 안쪽을 살펴보도록 하자. 첫 번째 문을 열면 현관이 나온다. 벽 앞과 벽난로 주변으로 병원 쓰레기가 산더미처럼 쌓여 있다. 매트리스, 낡고 해진 환자복, 푸른 줄무늬 러닝셔츠와 아랫도리, 닳고 낡아 떨어진 신발. 이런 것들이 마구 뒤엉켜 한 무더기로 썩어가면서 숨이 막힐 듯한 악취를 풍긴다.

이 쓰레기 더미 위에 수위 니키타가 담뱃대를 물고 누워 있다. 색 바랜 견장을 단 늙은 퇴역 군인이다. 풍상을 견뎌낸 얼굴 위로 양치기 같은 인상을 주는 무성한 눈썹과 붉은 코가 자리 잡았다. 키가 크지 않고 마른 편이지만 근골은 단단하다. 자세가 당당하고 주먹도 세 보인다. 니키타는 단순하고 적극적이며 부지런하고 우둔한 부류의 사람으로 세상 누구보다도 질서를 중시하고 이 때문에 맞을 놈들은 맞아야 한다고 믿는다. 얼굴이고 가슴팍이고 등짝이고 닥치는 대로 때리지 않으면 별채에 질서란 불가능하다는 것이다.

한 번 더 문을 열고 들어가면 별채 대부분 공간을 차지하는 커다란 병실이 나온다. 벽은 더러운 하늘색이고 천장은 굴뚝 없는 오두막처럼 그을음투성이다. 겨울이면 연기와 탄내가 가득할 게 분명하다. 창문에는 보기 흉하게 쇠창살이 쳐져 있다. 회색 바닥은 거칠거칠하다. 시큼한 양배추절임 냄새, 램프 기름 냄새, 빈대와 암모니

아 냄새가 진동한다. 그 냄새 때문에 처음 몇 분 동안은 아마 짐승 우리에 들어간 듯한 느낌이 들 것이다.

바닥에 고정된 침대들이 보인다. 파란 환자복에 구식 수면 모자를 쓴 사람들이 각자 자리에 눕거나 앉아 있다. 정신병자들이다.

전부 다섯 명이다. 그중 한 사람만 귀족이고 나머지는 평민이다. 문에서 제일 가까운 첫 번째는 윤기 흐르는 적갈색 수염을 기른 키 크고 마른 사람이다. 턱을 괴고 앉아 눈물이 가득 고인 눈으로 한 곳만 바라본다. 밤이나 낮이나 슬픔에 잠겨 고개를 내저으며 쓸쓸한 미소를 짓고 있다. 대화에 끼는 일이 거의 없고 물어도 대답하지 않는다. 음식을 받으면 기계적으로 먹고 마신다. 발작적으로 터지는 고통스러운 기침이나 상기된 수척한 뺨으로 보건대 폐병이 시작된 것 같다. 몸도 일부 마비 증세를 보여 움직임이 자유롭지 않다.

그다음은 마치 흑인처럼 머리카락이 검고 곱슬거리는 작은 체구의 활발하고 민첩한 노인이다. 수염을 뾰족하게 길렀다. 낮에는 병실 안을 이리저리 돌아다니기도 하고 침대 위에서 가부좌를 틀고 앉아 있기도 한다. 휘파람을 불거나 작은 소리로 노래하거나 낄낄 웃어대느라 잠시도 조용한 틈이 없다. 밤에도 그 천진함과 부산함이 이어져 기도를 올리기 위해 일어나서는 가슴을 주먹으로 두드려대거나 손가락으로 문짝을 긁어대기 일쑤다. 유대인으로 이름은 모이세이카인데 20년 전, 자신이 운영하던 모자 공방이 불타버리는 바람에 미쳐버린 바보다.

6호 병동 환자 중 별채 바깥, 심지어 병원 바깥 거리로 나갈 수 있는 사람은 그가 유일하다. 이 특혜는 벌써 오래되었는데 병원 터줏대감인데다가 누구에게도 해를 끼치지 않는 조용한 바보기 때문임이 틀림없다. 동네 사람들은 개와 꼬마들에게 둘러싸인 그의 모습에 익숙하고 또 재미있어한다. 긴 환자복과 우스꽝스러운 수면 모자에 슬리퍼 차림으로, 때로는 맨발이거나 아랫도리도 생략한 채 그는 거리를 돌아다니며 가정집이나 상점 앞에 멈춰 서서 동전을 구걸한다. 어딘가에서는 음료수를, 다른 곳에서는 빵을, 또 다른 곳에서는 동전을 받은 모이세이카는 뱃속과 주머니 모두 두둑해진 채 별채로 돌아온다. 그가 가져온 것은 모두 니키타가 빼앗는다. 화를 내면서 주머니를 탈탈 뒤지고 두 번 다시 이 유대인을 밖에 내보내지 않겠다고, 이런 무질서를 절대 용납할 수 없다고 신에게 맹세하면서 말이다.

모이세이카는 남을 돕는 걸 좋아한다. 물을 떠다 주기도 하고 잠든 환자에게 이불을 덮어주기도 한다. 동전을 구해와 모두에게 하나씩 주겠다거나, 새 모자를 하나씩 만들어주겠다는 약속도 한다. 자기 왼쪽 옆, 몸 일부가 마비된 환자에게 밥을 떠먹여 주기도 한다. 이런 행동은 동정심이나 인류애 때문이 아니라 오른쪽 옆자리의 이반 드미트리치를 자기도 모르게 따라하게 된 덕분이다.

이반 드미트리치 그로모프는 서른세 살 먹은 귀족으로 법원 집행관으로 일했다는데 피해망상증에 시달리고 있다. 잔뜩 웅크리고 침대에 누워 있거나 산보라도 하듯 병실 여기저기를 돌아다니거나 하지 않아 있는 경우는 드물다. 정체 모를 모호한 어떤 예감 때문에 늘 걱정스럽고 긴장된 모습이다. 현관 앞에서 무언가 사각대는 소리, 마당에서 누가 외치는 소리만 나도 고개를 들고 귀를 기울인다. 혹시 자기를 잡으러 온 게 아닐까 생각한다. 그럴 때마다 그의 얼굴에는 극도의 불안과 공포가 떠오른다.

나는 늘 창백하고 불행한 표정의 그 광대뼈 두드러진 넓은 얼굴이 마음에 든다. 지속되는 공포와 갈등에 고통받는 영혼을 거울처럼 반영한 얼굴이다. 굵은 주름은 기이하고 병적으로 보이지만 깊은 고통이 그려낸 잔주름은 지적이고 사려 깊다는 느낌마저 준다. 두 눈은 따뜻하고 건강한 빛을 발한다. 니키타만 빼고는 모두를 정중하고 섬세하게 배려하며 남들을 대하는 모습 또한 마음에 든다. 누군가 단추나 숟가락을 떨어뜨리면 그로모프가 곧바로 침대에서 빠져나와 주워준다. 매일 아침 동료 환자들에게 문안 인사를 건네고 잠자리에 누울 때도 잘

자라는 인사를 한다.

늘 찌푸린 채 긴장 상태에 있다는 것 외에 그의 광기는 다음과 같을 때만 드러난다. 저녁 시간에 가끔 그는 환자복을 단단히 여미고 온몸을 부들부들 떨고 이를 딱딱 부딪치며 병실 가장자리와 침대 사이를 빠르게 돌아다닌다. 심한 열병이라도 걸린 듯하다. 그러다 갑자기 멈춰서서 동료 환자들을 둘러본다. 무언가 중요한 것을 말하고 싶어 하는 눈치다. 하지만 아무도 자기 말을 들어주거나 이해해주지 못하리라 판단한 듯 고개를 마구 저어대고는 다시 걷기 시작한다. 다음 순간 어찌 되었건 말하고 싶다는 욕구가 솟구쳐 결국 열정적으로 떠들기 시작한다. 헛소리인 양 뒤죽박죽 쏟아져 나오는 그의 말이 늘 명료하지는 않다. 하지만 쓰는 단어나 목소리에는 무언가 대단히 훌륭한 구석이 있다. 그 말을 들어보면 당신도 그에게서 미치광이와 보통 사람의 모습을 모두 발견할 수 있을 것이다. 지면에 그의 말을 옮겨 전달하기는 어렵다. 그는 인간의 속물성에 대해, 진리를 망가뜨리는 폭력에 대해, 시간이 흐른 후 세상에 나타날 멋진 삶에 대해, 폭압자의 어리석음과 잔혹함을 연상시키는 병실 창문 쇠창살에 대해 말한다. 오래된, 하지만 여전히 끝까지 가지 못한 이야기들이 뒤죽박죽 어지럽게 이어지는 것이다.

2

지금으로부터 12~15년 전, 그로모프라는 관리가 도시의 가장 번화한 거리에 자기 집을 지니고 살고 있었다. 성실하고 부유한 이 관리에게는 세르게이와 이반이라는 두 아들이 있었다. 세르게이는 대학교 4학년일 때 급성 폐병에 걸려 죽었고 이는 그로모프 가족에게 닥친 연이은 불행의 신호탄이었다. 세르게이의 장례식이 있고 한 주가 지난 후 관리는 위조와 횡령 혐의로 재판을 받았고 곧 티푸스에 걸려 감옥 병원에서 죽었다. 집과 모든 소유물이 경매에 부쳐지고 둘째 아들 이반 드미트리치와 그의 어머니는 무일푼 신세가 되었다.

아버지가 살아계실 때 이반 드미트리치는 페테르부르크에 살며 대학을 다녔다. 다달이 60~70루블을 받으며 부족함을 모르고 지냈지만 이제는 완전히 달라진 삶을 살게 되었다. 아침부터 밤까지 푼돈을 받고 학생을 가르치고 문서 작업을 했다. 그렇게 번 돈을 몽땅 어머니에게 보냈으므로 배를 곯았다. 이반 드미트리치는 그런 생활을 오래 견디지 못했다. 마음이 피폐해지고 몸도 망가진 그는 대학을 그만두고 고향으로 돌아왔다. 소개를 받아 학교 선생님 자리를 얻었지만 동료들과 잘 어울리지 못하고 학생들의 평가도 좋지 않아 곧 그만두었다. 이후 어머니마저 세상을 떠났다. 반년 동안 아무 일도 못 하고 빵과 물만 먹고 살던 그는 법원에 취직했다. 그리고 병으로 그만둘 때까지 거기서 일했다.

이반 드미트리치는 청년이었던 학생 시절에도 건강하다는 인상을 한 번도 준 적이 없는 사람이었다. 늘 창백하고 여위고 걸핏하면 감기에 걸렸으며 적게 먹고 잠도 잘 자지 못했다. 포도주는 한 잔만 마셔도 머리가 빙빙 돌았다. 늘 사람이 그리웠지만 까칠한 성격에 의심병도 깊어 누구와도 가까이 지내지 못했고 친구도 없었다. 고향의 도시 사람들에 대해서는 거칠고 무지하며 동물과 다름없이 산다며 늘 진저리를 치고 경멸했다. 그는 자신의 분노나 감탄, 놀람 등을 더할 나위 없이 열정적이면서도 큰 소리로 표현하곤 했는데 늘 진정성이 넘쳤다. 무엇에 대해 이야기를 시작하든 결론은 하나였다. 도시의 삶은 답답하고 지루하다는 것, 사회에는 고결한 가치라고는 없고 무의미와 무미건조함만 존재하며 폭력과 저속하고 음란한 위선이 판을 치기 때문에 속물들만 호의호식하고 정직한 이들의 몫은 빵부스러기뿐이라는 것이었다. 나아가 학교, 제대로 된 지역 신문, 극장, 대중 강연, 지식인들의 단결이 필요하며 그래야만 사회가 깨달음과 경계심을 얻을 수 있다는 말도 했다. 사람들을 평가할 때 그는 흑백으로만 나눌 뿐 다른 색은 인정하지 않았다. 인류는 정직한 부류와 속물로만 나뉘지 회색은 없다는 것이었다. 여성과 사랑에 대해서도 그는 늘 열정과 희열을 담아 떠들어댔지만 사랑에 빠져본 적은 단 한 번도 없었다.

도시의 주민들은 신랄하고 까칠한 그에게 호감을 보였고 그가 없는 자리에서도 바냐라는 애칭으로 다정하게 부르곤 했다. 타고난 섬세함, 배려, 순수함, 낡아빠진 외투, 병약한 외모, 불행한 가족사 등이 애수 어린 따뜻한 감정을 불러일으켰던 것이다. 더욱이 그는 교육을 잘 받고 책도 많이 읽었으므로 모르는 것이 없다고들 여겼다. 뭐든 물어보면 답이 나오는, 이른바 걸어 다니는 백과사전이라고나 할까.

그는 책을 많이 읽었다. 클럽에 꼼짝 않고 앉아 신경질적으로 수염을 잡아당기며 책과 잡지 페이지를 넘기는 모습이 자주 눈에 띄었다. 읽는 것이 아니라 뭉텅뭉텅 삼켜버리는 듯했다. 해묵은 신문이나 달력을 포함해 손에 닿는 것이라면 뭐든 붙잡고 열중하였으므로 읽기는 그의 병적 습관이라고 보아 마땅했다. 집에서는 늘 드러누운 채 읽어댔다.

3

어느 가을날 아침 이반 드미트리치는 외투 깃을 올린 채 뒷골목 진창길을 걷고 있었다. 법원 결정에 따른 벌금을 받기 위해 상인을 찾아가는 중이었다. 아침이면 늘 그렇듯 기분이 우울했다. 그러다 족쇄에 묶인 죄수 둘과 총을 든 호송군인 네 사람을 만났다. 그전에도 죄수와 마주치는 일이 잦았고 그때마다 동정심과 불편한 마음이 들었지만 이번에는 유난히 기분이 이상했다. 왜 그랬는지 갑자기 그도 족쇄에 묶인 채 그렇게 감옥에 끌려갈 수 있다는 생각이 든 것이다. 상인을 만나고 집으로 돌아가는 길에 그는 우체국 근처에서 알고 지내던 경찰 서장을 만나 인사를 나누고 몇 걸음 함께 걸었다. 하지만 왜 그런지 의심스러운 마음이 들었다. 죄수와 총 든 호송인들 모습이 그날 종일 머리를 떠나지 않았고 이유 모를 불안감 때문에 글을 읽을 수도, 집중할 수도 없었다. 저녁이 돼도 불을 켜지 않았고 밤에는 잠도 자지 않은 채 자신이 체포되어 감옥에 보내질지 모른다는 생각만 했다. 그럴만한 죄를 지은 적이 전혀 없고 앞으로도 사람을 죽이거나 불을 지르거나 도둑질할 일은 전혀 없을 것이었다. 하지만 우연히 의도치 않게 범죄에 연루되거나 중상을 당하고 섣부른 판결을 받지 말란 법도 없지 않은가? 비럭질과 옥살이는 아무도 장담할 수 없다는 옛말이 괜히 있겠는가. 더군다나 지금의 소송 제도에서는 얼마든지 잘못된 판결이 가능하다. 남의 고통을 업무로 접하는 이들, 예를 들어 판사, 경찰, 의사 등은 시간이 흐르면서 습관적으로 일하게 되고 그러고 싶지 않아도 결국은 상대방을 형식적으로 대할 수밖에 없는 지경에 이른다.

뒷마당에서 양이나 송아지를 잡으면서 피가 흐르는 것을 인식조차 못 하는 일꾼이나 다름없는 것이다. 영혼 없이 사무적으로 사람을 대하는 상황에서 죄 없는 이의 모든 권리를 빼앗고 징역형을 선고하기 위해 판사에게 필요한 것은 딱 하나, 시간이다. 형식적 절차를 밟기 위한 시간 말이다. 그 대가로 판사는 월급을 받고 그다음에는 완전히 끝이다. 뒤늦게 정의니 보호니 부르짖어봤자 철도에서 200킬로미터 넘게 떨어진 이 작고 별 볼 일 없는 도시에서 무슨 소용이겠는가! 아니, 정의에 대해 생각하는 것 자체가 우습다. 온갖 폭력이 이성적이고 정당하게 받아들여지는 사회, 무죄선고 같은 고결한 행동은 불만과 복수심을 촉발시키는 시대가 아닌가?

다음 날 아침, 이반 드미트리치는 두려움에 사로잡힌 채 침대에서 몸을 일으켰다. 이마에 식은땀이 흥건했고 언제든 자기를 잡으러 오리라는 확신이 어느새 자리 잡았다. '어제의 두려운 생각이 이토록 오래 떠나지 않는 건 어느 정도 사실이기 때문이지.' 그는 생각했다. 아무 이유도 없이 저절로 그런 생각이 머리에 떠오를 수는 없지 않은가.

경찰 한 명이 창문 밖을 지나고 있었다. 예사롭지 않았다. 집 근처에 서 있는 두 명도 이상하다. 어째서 둘 다 입을 굳게 다물고 있는 거지?

이어 고통스러운 낮과 밤이 번갈아 찾아왔다. 창문

앞을 지나가거나 하숙집 마당으로 들어오는 사람은 모두 첩자나 형사 같았다. 매일 정오가 되면 경찰서장이 마차를 타고 거리를 지나가곤 했다. 외곽에 있는 영지에서 경찰서로 가는 것이다. 이반 드미트리치의 눈에는 어째 매번 서장이 긴박한 표정으로 서둘러 가고 있는 것처럼 보였다. 도시에 중대한 범죄를 저지른 자가 있다는 발표를 하러 가는 게 분명해 보였다. 초인종이 울리거나 문 두드리는 소리만 나도 그는 소스라치게 놀랐고 주인 댁에서 새로운 사람을 만나면 벌벌 떨었다. 경찰이나 헌병과 마주치면 아무렇지도 않은 척하느라 미소 짓고 휘파람을 불었다. 언제 체포될지 모른다는 생각에 한숨도 자지 못하면서도 드르렁드르렁 코 고는 소리를 냈다. 자지 않고 깨어 있다는 것을 혹시라도 주인이 알면 안 되니 말이다. 잠들지 못한다는 건 무언가 양심의 가책을 느낀다는 분명한 증거가 아닌가! 사실과 이성에 비춰보면 그 모든 공포가 정신병자나 느낄 법한 터무니없는 것이라고, 체포나 감옥은 사회 유지라는 큰 틀에서 볼 때 전혀 두려운 대상이 아니라고 판단할 수 있고 마음을 편하게 가져 마땅했으나 논리적으로 생각하면 할수록 어째 더 크고 고통스러운 공포가 찾아왔다. 마치 속세를 떠난 이가 야생의 숲에서 거처할 공간을 마련하고자 할 때 도끼를 휘두르면 휘두를수록 숲이 더 울창하고 깊어지는 것과 같았다. 결국 이반 드미트리치는 아무 소용없다고 생각하고는 이성적 판단을 걷어치우고 절망과 공포에 자신을 맡겨버렸다.

그는 사람들을 멀리하고 피하기 시작했다. 전에도 힘들었던 직장 업무가 이제는 견딜 수 없는 것이 되었다. 모르는 사이에 누군가 자기 주머니로 뇌물을 찔러 넣고 고발할지 몰라서, 자신이 공문서를 만들다가 위조에 버금가는 실수를 저지르거나 누군가에게 금전적 손해를 끼칠지 몰라 두려웠다. 자신이 어떻게 자유와 명예를 잃어버리게 될 것인지 매일 같이 수천 가지 이유를 생각해 내는 데 있어서 기이하게도 그의 창의성과 순발력은 그 어느 때보다도 탁월했다. 대신 바깥세상, 특히 책에 대한 관심은 크게 줄어들었고 기억력도 나빠졌다.

봄이 되어 눈이 녹자 공동묘지 인근 골짜기에서 반쯤 부패한 시신 두 구가 발견되었다. 노파와 소년이었는데 타살 흔적이 있었다. 온 도시가 그 시신과 미지의 살인범 얘기로 들끓었다. 이반 드미트리치는 살인범으로 의심받지 않기 위해 거리를 돌아다니며 미소를 지었고 아는 사람이라도 만나면 창백해졌다가 상기되었다 하면서 자신을 방어하지 못하는 약한 사람을 죽이는 것은 가장 비열한 범죄라고 열변을 토했다. 하지만 그런 거짓 행동에 곧 지쳐버린 그는 그 상황에서 최선의 대책은 하숙집 지하실에 몸을 숨기는 것이라는 결론을 내렸다. 지하실에 숨어든 그는 하루 낮과 밤, 그리고 또 하루 낮을 보낸 후 추위를 못 견디고 어둠을 틈타 마치 도둑인 양 자기 방으로 몰래 숨어들었다. 새벽까지 방 한가운데 꼼짝 않고 서서 바깥에 귀를 기울였다. 해도 뜨기 전 새벽같이 주인집에 벽난로 수리공들이 왔다. 부엌 벽난로를 고치러 왔다는 것을 잘 알면서도 이반 드미트리치는 공포에 질려 그들이 수리공으로 변장한 경찰이라고 생각했다. 조용히 집을 빠져나온 그는 모자도, 외투도 없이 두려움에 떨며 거리에서 뛰기 시작했다. 개들이 짖으면서 그 뒤를 따랐고 어디선가 남자가 소리를 질렀다. 귀에서 윙윙대는 바람 소리를 들으며 그는 온 세상의 폭력이 자기 등 뒤로 몰려와 뒤쫓고 있다고 생각했다.

사람들이 이반 드미트리치를 붙잡아 집으로 데려갔고 주인이 의사를 불러왔다. 의사 안드레이 예피미치(나중에 소개할 인물이다)는 이마에 찬 물수건을 올리고 체리월계수로 만든 물약을 마시게 하고는 서글프게 고개를 내저었다. 그리고 주인에게 사람이 미치는 것은 막을 수 없고 따라서 더는 자신이 올 필요도 없다고 한 후 가 버렸다. 더 이상 먹고살 방법도 치료 방법도 없는 상황에서 하숙집에 머물 수 없게 된 이반 드미트리치는 병원으로 보내졌다. 처음에는 성병 환자 병동에 있었는데 밤에 잠을 자지 않고 다른 환자들에게 방해가 되는 바람에 안드레이 예피미치의 결정으로 6호 병동으로 옮겨졌다.

1년이 지나자 도시에서는 이반 드미트리치가 완전

히 잊혀졌다. 주인이 처마 아래 썰매에 쌓아두었던 책은 아이들이 가져갔다.

4

이반 드미트리치의 왼쪽 침대는 이미 설명했듯 유대인 모이세이카 자리이고 오른쪽에는 아무 생각이 없는 듯 멍청한 얼굴을 한 뒤룩뒤룩 살찐 뚱뚱보 농부가 있다. 느끼고 생각하는 능력을 잃어버린 지 이미 오래여서 꼼짝하지 않고 그저 걸신들린 듯 먹어대기만 하는 추잡한 짐승으로 숨 막히게 하는 심한 악취를 풍긴다.

그 주변을 치워줄 때마다 니키타는 자기 주먹이 얼마나 센지 고려하지도 않고 온 힘을 다해 농부를 두드려 패곤 했다. 여기서 끔찍한 것은 두들겨 맞는 게 아니다. 그건 익숙해질 수 있으니 말이다. 그렇게 맞으면서도 그 무감각한 짐승이 소리 하나, 움직임 하나, 눈짓 하나 없이 그저 무거운 나무통인 양 가볍게 흔들리기만 한다는 게 더 끔찍하다.

6호 병동의 마지막 다섯 번째 환자는 우체국에서 우편 분류 일을 했다는 금발의 작고 여윈 평민이다. 선량하지만 살짝 약삭빨라 보인다. 쾌활하게 상대를 응시하는 지적이고 평온한 두 눈을 볼 때 그는 뭔가 중요하고 즐거운 비밀을 숨기고 있는 것 같다. 베개와 매트리스 아래에는 빼앗기거나 도둑맞을 걱정 때문이 아니라 부끄러움 때문에 아무한테도 보여주지 않는 무언가가 들어 있다. 때로 그는 창가로 가서 등을 돌린 채 가슴팍에 무언가를 달고 고개 숙여 그걸 바라본다. 그 순간 누군가 다가가기라도 하면 몹시 당황스러워하며 그걸 떼어내 버린다. 하지만 그의 비밀을 짐작하기란 어렵지 않다.

"축하해주십시오." 그는 종종 이반 드미트리치에게 말한다. "제가 스타니슬라프 2등 훈장을 별 장식과 함께 받았습니다. 본래 이건 외국인한테만 주게 되어 있는데 어째서인지 저는 예외라고 하더군요." 그는 영문을 모르겠다는 듯 어깨를 살짝 올리며 미소 짓는다. "참말이지 전혀 예상하지 못했던 일이죠!"

"전 그런 것에 대해선 하나도 모릅니다." 이반 드미트리치가 음울하게 대답한다.

"그런데 제가 조만간 또 뭘 받게 되는지 아시나요?" 전직 우체국 분류 담당은 실눈을 뜨며 덧붙인다. "스웨덴의 북극성 훈장을 받게 될 겁니다. 노려볼만한 훈장이죠. 흰 십자가에 검은 리본이 얼마나 아름다운지요."

이 별채만큼 삶이 단조로운 곳은 어디도 없을 것이다. 아침이면 마비 환자와 뚱뚱보 농부를 제외한 세 사람이 현관의 커다란 나무 물통 앞에 가서 세수를 하고 환자복 앞단을 조물조물 빤다. 그리고 니키타가 본관에서 가져온 홍차를 양철 컵에 따라 마신다. 한 사람당 한 잔

씩이다. 정오가 되면 시큼한 양배추 수프와 죽으로 점심을 먹고 저녁에는 점심때 남겨둔 죽을 먹는다. 식사 사이에는 눕거나 자거나 창밖을 바라보거나 방 안을 돌아다니거나 한다. 매일매일이 똑같다. 전직 우체국 분류 담당이 훈장 얘기를 늘어놓는 것도 똑같다.

6호 병동에 새로운 인물이 오는 일은 거의 없다. 의사가 새로운 입원 환자를 받지 않은 지 오래되었고 정신병동을 구경하고 싶은 사람은 그리 많지 않은 법이니 말이다. 두 달에 한 번 이발사 세묜 라자리치가 찾아온다. 그가 정신병자들 머리를 어떻게 깎는지, 니키타가 어떻게 도와주는지, 취해서 히죽거리는 이발사가 나타날 때마다 환자들이 얼마나 당황하는지는 굳이 말하지 않기로 하겠다.

이발사 빼고는 아무도 별채를 찾지 않는다. 환자들은 날마다 그저 니키타만 보아야 하는 운명이다.

그런데 얼마 전부터 병원에 참으로 이상한 소문이 돌기 시작했다.

의사가 6호 병동을 찾아간다는 소문이었다.

5

얼마나 이상한 소문인지!

의사 안드레이 예피미치 라긴은 나름 뛰어난 인물

이다. 어릴 때 그는 신앙심이 아주 깊어 성직자가 되기로 결심했고 1863년, 중등학교를 졸업하면서 신학대학에 입학하려 했다고 한다. 하지만 의학박사이자 외과의인 아버지가 코웃음을 치면서 만약 사제가 된다면 절대 자기 아들로 여기지 않겠노라 선언해버렸다는 것이다. 이 이야기가 어디까지 진실인지는 알 수 없다. 다만 안드레이 예피미치는 자신이 의학, 더 나아가 과학 분야에 한 번도 사명감을 느끼지 못했다고 털어놓은 적이 여러 번 있었다.

어쨌든 의과대학을 졸업한 후 그는 사제의 길로 가지 않았다. 의사가 된 직후에나 지금이나 특별히 신앙심을 드러내지도 않았다.

안드레이 예피미치는 겉모습이 농부처럼 크고 투박하다. 얼굴 생김새, 턱수염, 곧은 머리털, 단단한 체구만 보면 먹성이 좋고 제멋대로 거칠게 행동하는 대로변 선술집 주인장을 연상시킨다. 푸른색 핏줄이 곳곳에 드러나 있는 얼굴은 사납고 눈이 작으며 코가 불그레하다. 큰 키에 어깨가 떡 벌어져 있고 손발도 아주 크다. 그 주먹에 한 대만 맞아도 황천행일 것 같다. 하지만 그는 조용조용 움직이고 걸음도 조심스럽고 얌전하다. 좁은 복도에서 마주치기라도 하면 늘 멈춰 서서 길을 양보한다. 기대했던 저음이 아닌 가늘고 부드러운 고음으로 "죄송합니다!"라고 말하면서 말이다. 그의 목에는 작은 혹이 나

있어 빳빳하게 풀 먹인 셔츠를 입기가 어렵다. 그래서 마직이나 면직으로 지은 부드러운 옷을 입고 다닌다. 전체적으로 의사다운 차림새는 아니다. 벌써 십 년째 계속 똑같은 옷만 입고 다닌 탓에 유대인 상점에서 새로 산 옷도 그가 입으면 어쩐지 오래된 것처럼 낡고 구겨진 느낌이다. 환자를 진찰할 때나, 식사할 때나, 손님으로 초대받아 남의 집에 갈 때나 늘 똑같은 단벌 양복 차림이다. 이건 인색해서가 아니라 자신의 외모에 전혀 관심을 가지지 않기 때문이다.

안드레이 예피미치가 처음 이 도시에 부임했을 때 이른바 '자선 병원' 상태는 매우 끔찍했다. 병실이고 복도고 마당이고 간에 악취가 진동해 숨쉬기조차 힘들었다. 병원 잡역부, 간병인, 그리고 그 자식들이 환자들과 함께 병실에서 잠을 잤다. 모두들 바퀴벌레며 빈대, 쥐에 시달려 살 수가 없다고 아우성이었다. 외과에서는 감염 사고가 끊이지 않았다. 병원 전체에 수술용 메스는 단 두 자루였고 체온계는 하나도 없었으며 욕실에는 감자가 쌓여 있었다. 관리 담당자, 시트 담당자, 보조의사는 환자에게 돌아가야 할 몫을 빼돌려 챙기기 바빴다. 안드레이 예피미치의 전임자에 대해서도 의료용 알코올을 몰래 내다 팔았다느니, 간병인과 여자 환자들을 농락하며 즐겼다느니 말이 무성했다. 시민들은 병원의 엉망진창인 상황을 알고 과장해 떠들기도 했지만 실은 별로 개의치 않았다. 어차피 병원에 들어가는 것은 평민이나 농민들 뿐인데 그들이 사는 집은 훨씬 더 열악하기 때문에 불평 하면 안 된다고 보는 이들도 있었고, 젬스트보(지방 자 치기관)의 지원을 받지 못하는 상황에서 훌륭한 병원은 언감생심이니 그나마 그거라도 있는 게 다행이라고 생 각하는 이들도 있었다. 생겨난 지 얼마 안 된 젬스트보는 도시에 이미 병원이 있다는 이유로 시내든 외곽에든 추 가로 진료소를 열지 않겠단 입장이었다.

병원을 둘러본 후 안드레이 예피미치는 시설에 도 덕적으로 문제가 많고 환자들의 건강이 심히 위협받고 있다는 결론을 내렸다. 가장 현명한 조치는 환자들을 다 내보내고 병원 문을 닫아버리는 것이었다. 하지만 자기 혼자 힘으로는 어려운 일인데다가 또한 어쩌면 무익한 행동일 수 있다는 생각이 들었다. 물리적 정신적 오염은 어느 한 곳에서 몰아낸다 해도 다른 곳으로 옮겨가기 마 련이다. 그보다는 차라리 저절로 사라지기를 기다리는 게 낫다. 더욱이 사람들이 그나마 병원을 참아낸다는 건 병원이 필요하다는 뜻이었다. 편견, 삶의 불결함이나 불 쾌함 또한 필요한 것처럼 말이다. 시간이 흐르면서 분뇨 가 기름진 흙이 되듯 이런 것들도 무언가 쓸모 있게 거 듭나게 될 것이다. 세상에서 어떤 훌륭한 것이든 출발점 을 따져보면 하나같이 너절하고 시시하지 않았는가 말 이다.

직무를 수행하면서 안드레이 예피미치는 무질서에 대해서는 그대로 방치해두는 듯했다. 그저 병원 잡역부와 간병인들에게 병실에서 자지 말라고 했고 의료기구가 채워진 캐비닛을 두 개 들여왔다. 관리 담당자, 시트 담당자, 외과의 감염 사고는 바뀌지 않고 그대로였다.

안드레이 예피미치는 지성과 정직을 몹시 중시했지만 자기 주변을 지성적이고 정직하게 만들기에는 결단력이나 의지가 부족한 인물이다. 명령, 금지, 강제 등은 그가 할 수 있는 일이 아니다. 절대 목소리를 높이지 않고 명령하는 말투도 쓰지 않겠노라 맹세라도 한 듯하다. "줘"나 "가져와"라고 말하는 경우는 거의 없다. 배가 고플 때면 헛기침을 한 후 머뭇머뭇 식모에게 "뭘 좀 먹을 수 있을지"라고 말한다. 관리 담당에게 도둑질을 그만두라고 말하는 것, 그를 해고하는 것, 기생충처럼 불필요한 그 직책을 완전히 없애버리는 것 등은 도저히 안드레이 예피미치가 할 수 없는 일이다. 자기를 속이거나 구슬린다는 것을 알면서도 어쩌지 못한다. 가짜 계산서를 가져와 서명해달라고 들이밀 때면 그저 새우처럼 얼굴이 빨개진 채 죄책감을 느끼면서도 서명을 하고 만다. 환자들이 배가 고프다거나 거친 간병인 때문에 괴롭다고 호소할 때면 당황하여 죄인처럼 중얼거린다. "그렇군요. 알겠습니다. 나중에 조치하겠습니다. 분명 오해가 있었을 겁니다."

처음에는 안드레이 예피미치도 아주 열심히 일했다. 아침부터 저녁까지 환자를 돌봤고 수술을 했으며 아이를 받기도 했다. 부인들은 그가 신중하고 특히 소아과와 부인과 병을 잘 본다고 말했다. 하지만 시간이 흐를수록 그는 단조로운 생활에, 노력의 무의미함에 지쳐갔다. 오늘 환자 30명을 받으면 내일은 35명, 모레는 40명이 된다. 그렇게 하루 이틀, 한 해 두 해가 흘러가지만 도시의 사망률은 낮아지지 않고 환자 수도 줄지 않는다. 하루에 환자 40명을 받으면서 제대로 진료하기란 물리적으로 불가능한 일이었으므로 어쩔 수 없이 거짓말을 해야만 한다. 연간 1만 2천 명의 환자를 본다는 것은 결국 다시 말해 1만 2천 명을 속인다는 얘기다. 중증 환자를 입원시켜 과학적 원칙에 따라 치료한다는 것 역시 불가능했다. 원칙은 있지만 과학이 없기 때문이다. 철학은 집어치우고 다른 의사들처럼 그냥 무조건 원칙을 따른다 해도 일단 지금의 불결한 상태가 아닌 청결한 환경과 환기, 악취 나는 양배추절임 수프가 아닌 건강한 식사, 도둑놈이 아닌 훌륭한 직원들이 필요하다.

더 나아가 사람들이 죽지 않도록 막는 것이 무슨 의미인가? 죽음은 누구에게나 정상적이고 자연적인 결말이 아닌가? 어떤 장사꾼이나 관리가 추가로 5년, 10년을 더 산다고 해서 얻을 수 있는 것이 무엇인가? 의학의 목적이 약으로 고통을 줄여주는 데 있다면 대체 왜 고통을 줄여줘야 하느냐는 질문이 저절로 생겨난다. 첫째, 고통은 인간을 성숙과 완전함으로 이끈다고들 하지 않는가. 둘째, 알약과 물약으로 자기 고통이 줄어든다는 것을 인류가 알게 되면 지금껏 온갖 고난의 방패막이였을 뿐 아니라 행복의 원천이었던 종교와 철학을 몽땅 내버리게 될 것이다. 푸시킨은 죽음을 앞두고 끔찍한 고통을 겪었고, 가난뱅이 하이네는 몇 년 동안 마비 상태로 누워서 지내야 했다. 위대한 문인들도 이랬을진대 아메바처럼 공허하고 아무 의미 없는 사람, 이를테면 안드레이 예피미치나 마트료나 사비슈냐가 아프지 말아야 할 이유라도 있는가?

이런 생각에 짓눌리면서 안드레이 예피미치는 손을 들어버렸고 병원에 매일 나가지도 않게 되었다.

6

그의 생활은 이렇게 흘러간다. 아침 여덟 시에 일어나 옷을 입고 차를 마신다. 이어 서재에 앉아 책을 읽거나 병원에 간다. 병원의 좁고 어두운 복도에는 진료를 기다리는 외래 환자들이 앉아 있다. 그 옆으로 잡역부와 간병인들이 벽돌 바닥에 쿵쿵 장화 소리를 내며 뛰어다니고 환자복 차림의 여윈 이들이 걸어가고 시신과 오물통이 날라지고 아이들이 울어대고 차가운 외풍이 새어 들어온다. 안드레이 예피미치는 이런 환경이 열병환자, 폐병환자, 아니 예민한 환자들을 고통스럽게 한다는 것을 알지만 어찌해볼 도리가 없다. 진찰실에는 보조의사인 세르게이 세르게이치가 있다. 키가 작고 뚱뚱하며 말끔히 면도하고 단장한 얼굴이 포동포동하다. 유연하고 자연스러운 행동거지에 품이 넉넉한 새 옷을 입은 모습이 보조의사라기보다는 상원의원처럼 보인다. 흰 넥타이를 매고 시내 왕진을 다니며 여러 과 진료를 본 경험이 많아 그런 경험이 전혀 없는 의사에 비해 자신이 더 유능하다고 생각한다. 진찰실 한구석에는 유리장에 든 커다란 성상이 묵직한 등과 함께 놓여 있고 그 옆에는 하얀 덮개가 씌워진 대형 촛대가 있다. 벽에는 주교들의 초상화, 스바토고르스크 수도원 전경, 말린 수레국화 꽃다발이 걸렸다. 세르게이 세르게이치는 신앙심이 깊고 거룩한 분위기를 좋아한다. 성상도 자기 돈으로 사놓은 것이다. 매주 일요일이면 환자 중 한 명이 그의 지시에 따라 찬송가를 부르고 세르게이 세르게이치가 직접 향로를 들고 병실마다 다니면서 향을 뿌린다.

환자는 많고 시간은 부족하다 보니 진료는 그저 짧은 질문을 던지고 휘발성 연고나 피마자기름 같은 약을 처방하는 것이 고작이다. 안드레이 예피미치는 주먹으로 뺨을 받치고 앉아 생각에 잠긴 채 기계적으로 질문을 던진다. 세르게이 세르게이치도 옆에 앉아서 두 손을 비비며 가끔 끼어든다. "병들고 가난에 고통받는 것은 자비로운 신께 제대로 기도하지 않기 때문입니다. 그렇고말고요"라고.

안드레이 예피미치는 환자들을 수술하지 않는다. 수술한 지 오래되어서 피를 보면 불쾌하다. 어린 환자의 목을 들여다보기 위해 입을 벌리게 할 때 아이가 비명을 지르고 작은 손으로 입을 가리면 그 소리만으로도 안드레이 예피미치는 정신이 혼미하고 눈물이 고인다. 그리하여 서둘러 약을 처방하고 보호자에게 어서 아이를 데리고 나가라고 손짓을 하고 만다.

진료를 보던 그는 겁을 먹고 알아들을 수 없는 말을 늘어놓는 환자들에게, 바로 옆에 버티고 있는 세르게이 세르게이치에게, 벽에 걸린 초상화들에, 또한 벌써 20년 넘도록 환자들에게 자신이 던지고 있는 똑같은 질문에 곧 싫증이 난다. 그래서 대여섯 명 보고 나면 휙 나가버린다. 나머지 환자들은 보조의사가 진료한다.

고맙게도 이미 오래전에 개인 진료가 없어져 아무도 자기를 방해하지 않는다는 것에 즐거워하며 안드레이 예피미치는 집으로 돌아와 바로 서재 책상에 앉아 책을 읽기 시작한다. 그는 책을 무척 많이, 아주 기뻐하며 읽는다. 월급의 절반은 책 사는 데 들어간다. 그의 집에는 방이 여섯 개인데 그중 세 개가 책과 해묵은 잡지로 채워져 있다. 역사와 철학 분야를 가장 좋아한다. 의학과 관련된 것이라고는 《의사》라는 이름의 잡지만 보는데 늘 끝에서부터 읽기 시작한다. 읽을 때는 몇 시간 동안 쉬지 않고 읽지만 그래도 지치는 법이 없다. 급하게 소나기처럼 읽어치우던 과거의 이반 드미트리치와는 달리 안드레이 예피미치는 천천히 꼼꼼하게 읽는다. 마음에 들거나 이해가 안 가는 부분이 나오면 자주 멈추고 생각에 잠긴다. 책 근처에는 늘 보드카 병이 있고 절인 오이나 절인 사과가 쟁반도 없이 책상보 위에 널브러져 있다. 30분에 한 번씩 그는 책에서 눈을 떼지 않은 채 보드카를 한 잔 따라 들이키고 그다음에는 역시 보지도 않은 채 더듬더듬 오이를 집어 한 입 베어 문다.

세 시가 되면 조심스럽게 부엌문 앞으로 가서 헛기침을 하고 "다류슈카, 점심을 좀 먹을 수 있을지"라고 말한다.

빈약하고 맛도 없는 식사를 한 후 안드레이 예피미치는 팔짱을 낀 채 방 안을 이리저리 오가며 생각을 한다. 시계가 네 시를 치고 다섯 시를 쳐도 여전히 방 안을 오가며 생각을 한다. 한두 차례 부엌문이 삐걱거리며 열리고 다류슈카가 졸린 표정의 붉은 얼굴을 내민다. "맥주를 드실 때가 아닌가요?" 재촉하는 듯한 질문이다.

"아니, 아직 아니야. 조금 더 기다려 보고…… 조금 더……." 그가 대답한다.

저녁에는 우체국장 미하일 아베랴니치가 자주 찾아

온다. 도시 전체에서 안드레이 예피미치가 편하게 어울리는 유일한 사람이다. 미하일 아베랴니치는 아주 부유한 지주였고 기병대에서도 복무했지만 파산한 후 생계를 위해 늘그막에 우체국에서 일하게 되었다. 회색 구레나룻이 풍성하고 교양 있는 행동거지, 커다랗고 유쾌한 목소리를 지닌 건강하고 쾌활한 인물이다. 선량하고 섬세하지만 화를 잘 내는 편이다. 우체국을 찾은 누군가가 항의를 하거나 투덜거리면, 아니 그저 따지고 들기만 해도 미하일 아베랴니치는 발끈하여 온몸을 떨며 "조용히 하시오!"라고 우레같이 고함을 친다. 그리하여 우체국 가기가 무섭다는 소문이 돈 지 오래다. 미하일 아베랴니치는 안드레이 예피미치가 교양 있고 성품이 고상하다는 이유로 좋아하고 존경하지만 나머지 사람들에게는 마치 하인 대하듯 거만하게 군다.

"자, 제가 왔소이다!" 미하일 아베랴니치가 안드레이 예피미치 집으로 들어서면서 말한다. "잘 지내셨습니까? 설마 제가 지겨운 존재는 아니겠지요?"

"그럴 리가요. 반갑기 짝이 없습니다. 전 언제든 환영입니다." 의사가 대답한다.

두 친구는 서재 소파에 앉아 잠시 침묵 속에서 담배를 피운다.

"다류슈카, 맥주를 좀 마실 수 있을지!" 안드레이 예피미치가 말한다.

첫 번째 병은 침묵 속에서 마신다. 의사는 생각에 잠겨, 미하일 아베랴니치는 아주 재미난 이야깃거리를 가진 사람처럼 즐겁고 생기 넘치는 모습으로 맥주를 마시는 것이다. 먼저 대화를 시작하는 쪽은 언제나 의사다.

"이 도시에는 지적이고 흥미로운 대화를 할 수 있고 또 좋아하는 사람이 전혀 없으니 참으로 유감입니다." 고개를 저으면서 하지만 상대의 눈은 보지 않은 채 (그가 상대를 응시하는 일은 결코 없으니 말이다) 의사가 천천히 조용히 말한다. "얼마나 심각한 박탈 상태인지 모릅니다. 인텔리들조차 속물성을 벗어나지 못하고 있죠. 이곳 인텔리의 수준은 단언컨대 비천한 계층에 비해 조금도 나을 것이 없습니다."

"옳으신 말씀입니다. 제 생각도 같습니다."

"존경하는 미하일 아베랴니치 씨께서도 아시다시피 인간 지성의 고차원적 발현은 이 세상에서 유일하게 의미 있고 흥미로운 게 아니겠습니까." 의사는 잠시 멈췄다가 조용히 말을 잇는다. "지성은 짐승과 인간을 가르는 분명한 경계이고 인간이 신성을 지녔음을 암시하며 어느 정도는 불멸이라는 불가능의 경지까지도 부여합니다. 이런 점에서 지성은 즐거움의 유일한 원천이죠. 그런데 우리는 주변에서 지성을 볼 수도, 들을 수도 없습니다. 즐거움이 상실된 것이지요. 물론 책이 있기는 하지만 생생한 대화나 교류와는 또 다르죠. 부족하게나마 비유를 해보자면 책은 악보, 대화는 노래인 셈입니다."

"옳으신 말씀입니다."

침묵이 흐른다. 둔하고 서글픈 얼굴을 한 다류슈카가 부엌 문간으로 나와 주먹으로 얼굴을 괴고 이야기를 듣는다.

"아아! 지금 시대에 지성을 어떻게 기대하겠습니까!" 미하일 아베랴니치가 탄식한다.

이어 그는 과거의 삶이 얼마나 건강하고 유쾌하고 재미있었는지, 러시아 인텔리가 얼마나 지성적이었으며 명예와 우정을 얼마나 중시했는지 이야기를 늘어놓는다. 어음 없이도 돈을 내주었고 어려움에 처한 친구를 돕지 않는 것은 수치였다고, 당시에는 행군도, 모험도, 전투도, 동료도, 여인도 달랐다고 말이다. 카프카스가 얼마나 대단한 곳이었는지도 말한다. 어느 부대장의 아내는 밤마다 장교 복장을 하고 안내인도 없이 산에 올라가곤 했는데 카프카스 지역의 공작과 연인 관계라는 소문이 무성했다는 얘기도.

"아, 자비로우신 성모님……" 다류슈카가 동경하는 투로 말한다.

"얼마나 마셔댔는지! 또 얼마나 먹어 치웠는지! 그놈의 자유주의자들은 얼마나 끔찍했던지!"

안드레이 예피미치는 다른 생각에 빠져 건성으로 들으면서 맥주를 마신다.

"난 꿈에서도 자주 지성인들을 만나 대화를 나눕니다." 갑자기 미하일 아베랴니치 말을 가로막고 의사가 말한다. "아버지는 제가 훌륭한 교육을 받을 수 있게끔 하셨지만 60년대 사상의 영향으로 의사가 되라고 강요하셨죠. 그때 아버지 말을 듣지 않았다면 지금쯤은 지적 운동의 중심에 서 있지 않았을까 하는 생각도 듭니다. 대학의 교수가 되었을 수도 있죠. 물론 지성도 영원하지 않고 흘러가 버리는 것이지만 그래도 당신은 내가 거기 끌리는 이유를 아시겠지요. 삶은 참으로 성가신 덫입니다. 생각할 줄 아는 인간이 성숙함에 이르러 제대로 판단하게 되면 자신이 출구 없는 덫에 걸려 있다고 느낄 수밖에 없습니다. 사실 부재 상태에서 삶으로 끌려 나온 것은 의지가 아닌 우연의 결과니까요……. 대체 왜 이렇게 된 것일까요? 존재의 의미와 목적을 알고자 해도 아무도 말해주지 않습니다. 기껏해야 어리석은 얘기만 해주죠. 문을 두드려도 열리지 않다가 결국 죽음이, 그 역시 의지와 무관하게 찾아옵니다. 공통적인 불행으로 엮인 죄수들이 함께 교류하다 보면 감옥 생활이 훨씬 쉬워지듯 분석과 종합을 즐기는 이들이 함께 어울려 고매하고 자유로운 사상을 교환하며 시간을 보내다 보면 삶이 덫이라는 괴로움도 덜해질 겁니다. 이런 면에서 지성은 무엇과도 바꿀 수 없는 즐거움입니다."

"옳으신 말씀입니다."

상대의 눈을 보지 않은 채 안드레이 예피미치는 지성적인 사람, 그리고 그들과의 대화에 대해 조용히 느릿느릿 말을 이어가고 미하일 아베랴니치는 귀 기울여 들으면서 "옳으신 말씀입니다"라고 맞장구를 친다.

"그럼 불멸의 영혼을 믿지 않는 건가요?" 우체국장이 불쑥 묻는다.

"믿지 않습니다. 믿을 만한 근거도 없고요."

"솔직히 말하면 저도 의문을 갖고 있습니다. 실은 저는 절대 죽지 않을 것 같다는 생각을 한답니다. 이제 나이도 많으니 죽을 때가 되었다고 말할 때도 마음속에서는 그렇지 않다고, 죽지 않을 거라고 속삭이는 소리가 들립니다."

아홉 시가 넘으면 미하일 아베랴니치가 떠난다. 현관에서 털 코트를 입으면서 그는 탄식하며 말한다. "대체 무슨 팔자로 이런 벽촌에 들어왔는지! 이렇게 살다 죽어야 한다니 이 얼마나 분통 터지는 일이랍니까!"

7

손님을 전송한 후 안드레이 예피미치는 다시 책상에 앉아 읽기 시작한다. 저녁과 밤의 정적을 깨는 소리는 아무것도 없고 시간조차 책에 열중한 의사와 함께 정지해 사라진 듯하다. 책과 초록빛 갓을 쓴 램프 빼고는 아무엇도 존재하지 않는 듯하다. 인간 지성의 흐름을 따라가면서 농부처럼 투박한 의사의 얼굴 위로 감동과 경탄의 미소가 조금씩 떠올라 환해진다. 어째서 인간은 불멸하지 않을까. 그는 생각한다. 두뇌의 중추며 주름이, 시력과 언어, 자각과 천재가 대체 다 무슨 소용인가? 그 모두가 땅속으로 사라지고 결국은 지표면과 함께 싸늘해지며 이후 수백만 년 동안 아무 의미도 흔적도 없이 지구의 일부로 태양 주위를 돌아야 한다면 말이다. 차갑게 식어 지구의 일부가 되도록 할 작정이라면 고매한, 거의 신적 경지의 지성을 지닌 인간을 군이 부재 상태에서 삶으로 끌어냈다가 다시 흙으로 돌려보내는 이 장난 같은 일이 왜 필요한 걸까.

물질의 순환이라고! 하지만 이 말을 불멸의 대체어로 삼아 자신을 위로한다는 건 얼마나 비겁한가! 자연에서 진행되는 이 무의식적 과정은 인간의 어리석음만도 못하다. 어리석음에는 그나마 인식과 의지가 있지만 물질의 순환에는 아무것도 없다. 육신이 훗날 풀이나 돌, 두꺼비 등으로 살게 될 것이라며 자신을 위로하는 존재는 죽음 앞에서 품위보다는 공포가 더 큰 겁쟁이들뿐이다. 물질의 순환 속에서 자기 불멸을 믿는 것 또한 괴상하다. 이는 마치 값비싼 바이올린이 망가져 쓸모없게 되어버린 후 그 바이올린 케이스에 빛나는 미래가 있으리라 예언하는 것과도 같다.

시계가 종을 칠 때 안드레이 예피미치는 의자 깊숙이 몸을 묻고 눈을 감은 채 생각에 잠긴다. 책에서 읽은 멋진 생각들의 영향을 받아 불현듯 자신의 과거와 현재를 떠올린다. 과거는 지긋지긋하니 회상하지 않는 편이 낫다. 그렇지만 현재도 과거보다 나을 것이 없다. 자신의 생각이 차가운 지구의 일부가 되어 태양 주위를 돌고 있을 때도 진료실과 커다란 병동에서는 환자들이 질병과 불결한 환경으로 고통받고 있을 것이다. 잠 못 자고 벌레들과 사투를 벌이는 사람도 있을 테고 단독에 감염된 사람, 꽉 잡아맨 붕대 때문에 신음하는 사람도 있겠지. 어떤 환자는 간병인과 카드놀이를 하며 보드카를 들이키기도 할 것이다. 한 해 동안 병자 1만 2천 명이 속는다. 병원의 모든 일은 20년 전과 마찬가지로 절도, 말다툼, 유언비어, 정실 인사, 유치한 속임수를 바탕으로 한다. 전과 똑같이 병원은 부도덕하고 환자들의 건강에 극도로 유해한 시설이다. 그는 6호 병동의 쇠창살 안에서 니키타가 환자들을 두들겨 팬다는 것, 모이세이카가 매일 거리로 나가 구걸한다는 것을 알고 있다.

다른 한편 그는 의학계에서 지난 25년 동안 엄청난 변화가 일어났다는 것도 알고 있다. 대학에서 공부하던 시절 그는 의학이 머지않아 연금술이나 형이상학의 전철을 밟으리라 여겼다. 하지만 지금 밤마다 읽으면서 접하는 의학은 놀라움과 심지어 환희까지 불러일으킨다.

정말이지 뜻밖의 광명이자 혁명이 아닐 수 없다! 방부제 덕분에 위대한 피고로프는 미래에도 불가능할 것 같았던 수술을 해내고 있다. 평범한 시골 의사들이 무릎관절을 절개하고 개복 수술 사망률은 백 건 중 한 건에 불과하며 결석 질환은 기록조차 하지 않을 정도로 사소하게 여긴다. 매독은 말끔히 치료된다. 유전이론, 최면술, 파스퇴르와 코흐의 발견, 통계의학, 아니 우리 러시아 의료계만 해도 몰라보게 발전하지 않았나. 현재와 같은 분류법, 진단과 치료법을 갖춘 정신의학은 과거와 비교했을 때 큰 산맥이 우뚝 솟아오른 것과 같다. 이제는 미치광이 머리 위에 찬물을 쏟아붓거나 냉찜질 옷을 입히지 않는다. 인간적으로 대하고 심지어는 신문에 보도되듯 연극과 춤 공연까지 보여준다. 이렇게 달라진 시선과 경향에 비춰볼 때 6호 병동 같은 추악한 곳은 철도에서 200킬로미터 이상 떨어진 소도시에서나, 그러니까 시장이나 시의원도 읽고 쓰는 능력이 완전치 못한 평민들이고 의사의 진료라면 환자 입에 끓는 납을 부어 넣는다 해도 군말 없이 따라야 한다고 맹목적으로 믿는 곳에서나 가능한 존재다. 다른 곳이었다면 이 바스티유 감옥 같은 병동은 벌써 오래전에 대중과 언론의 공격을 받아 산산이 부서졌을 게 뻔하다.

'하지만 그게 어쨌다는 거지?' 안드레이 예피미치가 눈을 뜨고 자신에게 질문을 던진다. '대체 어쩌라고? 방부제, 코흐, 파스퇴르가 나왔어도 문제의 본질은 전혀 바뀌지 않았잖은가. 질병률과 사망률은 여전히 똑같지. 정신병자한테 연극과 춤 공연을 보여준다지만 결국 자유롭게 내보내지는 못하지 않는가. 그러니까 다 부질없고 허무한 노릇이야. 그 좋다는 비엔나의 병원이나 우리 병원이나 본질적으로는 아무 차이가 없어.'

그러나 부러움 비슷한 감정과 서글픈 마음이 들면서 평정심이 깨진다. 아마 피곤하기 때문일 것이다. 무거운 머리가 자꾸 책 쪽으로 기울어지고 의사는 얼굴을 손으로 받쳐 지탱하면서 생각을 이어간다.

'나는 유해한 일을 하고 사람들을 속이면서 월급을 받는다. 정직하지 못한 짓이지. 하지만 난 결국 사회의 필요악에서 한 부분일 뿐 아무것도 아니야. 지방의 모든 관리도 유해한 일을 하고 월급을 받지 않는가……. 결국 부정직함의 책임은 내가 아니라 시대에 있는 거지. 2백 년만 늦게 태어났다면 난 완전히 다르게 살았을 텐데.'

시계가 세 시를 친다. 그는 램프를 끄고 침실로 향한다. 잠자고 싶은 마음은 없지만 말이다.

8

2년 전 젬스트보에서는 새로운 병원을 세울 때까지 시립병원의 의료 인력을 보충하는 데 연 300루블의 지원금을 댄다는 인심 후한 결정을 내렸고 시골 의사인 예브게니 표도리치 호보토프가 새로이 채용되었다. 서른도 채 되지 않은 아주 젊은 사람으로 갈색 머리에 키가 크고 광대가 넓은 데다가 눈이 작았다. 분명 이방인의 후손일 것 같은 외모였다. 그는 돈 한 푼 없이 작은 가방 하나만 들고 도시로 왔다. 식모라고 하는 못생긴 젊은 여자를 동반했는데 이 여자한테는 젖먹이 아이가 있었다. 예브게니 표도리치는 차양 달린 모자를 쓰고 긴 장화를 신고 다닌다. 겨울에는 반코트를 입는다. 보조의사 세르게이 세르게이치, 그리고 재무 담당 직원과 가깝게 지냈지만 나머지 직원은 다 멀리하면서 귀족들이라고 비아냥거린다. 그가 사는 집에 책이라고는 《1881년 비엔나 병원의 최신 처방》 한 권밖에 없다. 병원에 갈 때면 늘 이 책을 가지고 간다. 저녁이면 클럽에서 당구를 치고 카드놀이는 좋아하지 않는다. 대화할 때는 질질 끈다느니, 신랄한 케이스라느니, 빙빙 돌려주겠다느니 하는 표현을 즐겨 사용한다.

병원에는 한 주에 두 번 출근해 병실을 돌고 환자를 진료한다. 방부제나 부황기가 없어서 화가 나긴 해도 새로 들여올 생각은 못 한다. 안드레이 예피미치를 모욕하는 일이 될까 봐 겁나는 것이다. 안드레이 예피미치를 늙은 사기꾼이라 여기고 재산이 넉넉하리라 넘겨짚으면서 속으로 부러워한다. 기회만 있으면 그 자리를 차지할 작정이다.

9

3월 말이 되어 눈이 다 녹고 병원 마당에서 찌르레기가 울고 있던 어느 저녁, 의사는 손님으로 왔던 우체국장을 배웅하러 문간으로 나왔다. 바로 그때 구걸하러 나갔던 유대인 모이세이카가 병원 마당으로 들어섰다. 모자도 쓰지 않고 맨발에 얇은 덧신만 신은 차림이었고 구걸해 얻은 것들을 담은 자그마한 자루를 손에 들고 있었다.

"한푼 줍쇼!" 그는 추위에 벌벌 떨면서도 미소를 지으며 의사에게 말했다.

거절하는 법 없는 안드레이 예피미치가 동전을 주었다.

'정말 꼴이 엉망이군. 온통 다 젖었잖아.' 의사는 여윈 복사뼈가 드러난 채 새빨개진 그의 발을 내려다보며 생각했다.

연민과 혐오의 감정에 휩싸인 그는 유대인의 대머리와 복사뼈를 번갈아 가며 쳐다보며 그의 뒤를 따라 별채로 갔다. 의사가 들어서자 쓰레기 더미에 누워 있던 니키타가 벌떡 일어나 차렷 자세를 취했다.

"잘 지냈나요, 니키타?" 안드레이 예피미치가 부드

러운 목소리로 말했다. "이 유대인에게 장화를 주면 어떨까? 감기에 걸릴 것 같은데."

"알겠습니다, 선생님, 관리 담당에게 말씀드리죠."

"그렇게 해줘요. 내가 그렇게 해달라고 부탁한 거라고 해요."

현관에서 병실로 들어가는 문이 열려 있었다. 팔꿈치로 몸을 받치고 침대에 누워 있던 이반 드미트리치가 낯선 목소리에 불안해하며 귀를 기울이다가 불현듯 의사를 알아보았다. 분노로 온몸을 떨며 벌떡 일어난 그는 험악하게 상기된 얼굴에 눈을 부릅뜨더니 병실 한가운데로 뛰어갔다.

"의사가 왔어!" 그가 깔깔 웃으면서 소리쳤다. "마침내 왔다고! 여러분, 드디어 의사가 납시셨으니 축하합시다! 이 빌어먹을 놈 같으니라고!" 그는 지금껏 보이지 않았던 광란에 빠져 비명을 지르고 발을 쿵쿵 굴렀다. "이놈을 죽여버려야 해! 아니지, 곱게 죽일 수는 없어. 똥통에 처넣어야지!"

이 말을 들은 안드레이 예피미치가 현관에서 병실을 들여다보며 부드러운 목소리로 물었다.

"왜 그래야 하지?"

"왜 그래야 하냐고?" 이반 드미트리치는 위협하듯 다가가 발작적으로 환자복을 여미었다. "왜 그래야 하냐고? 도둑놈 같으니라고!" 그는 경멸하는 투로 말한 후 입술로 침 뱉는 시늉을 했다. "사기꾼! 백정 놈아!"

"진정하세요." 안드레이 예피미치가 미안하다는 듯 미소를 지었다. "하지만 결단코 나는 지금껏 남의 것을 훔친 적이 없어요. 나머지도 심하게 과장된 말들이군요. 나한테 화가 난 모양인데 그만 진정하고 조용조용 얘기 해보죠. 왜 화가 난 거죠?"

"어째서 날 여기 붙잡아둔 거요?"

"당신이 아프기 때문이죠."

"그래요. 아픕니다. 그렇지만 미친놈들이 지금도 수십, 수백 명이 자유롭게 나돌아다니고 있소. 당신네가 제대로 구별해내지 못해서 말이야. 나와 이 불쌍한 몇몇만이 모두를 위한 속죄양이 되어 여기 있어야 하는 이유가 대체 무엇이오? 당신, 보조의사, 관리 담당, 그리고 이 빌어먹을 병원의 모두가 도덕성으로 볼 때 우리에 훨씬 못 미치는데 어째서 우리는 여기 있고 당신들은 아닌 거지? 이건 무슨 논리요?"

"도덕성이니 논리니 하는 건 여기서 아무 의미가 없어요. 모든 것은 우연에 달렸지요. 붙잡힌 사람은 여기 있는 거고, 안 잡힌 사람은 돌아다니는 것뿐입니다. 제가 의사이고 당신이 정신병자라는 데는 도덕성이고 논리고 없고 그저 우연이 작용한 결과입니다."

"무슨 헛소리인지 모르겠군……." 이반 드미트리치 는 다시 침대에 앉았다.

의사가 온 덕분에 니키타의 몸수색을 면한 모이세이카는 자기 침대 위에 빵조각, 종잇조각, 뼈다귀를 늘어놓았다. 여전히 추위로 덜덜 떨면서 유대어로 뭔가를 빠르게 노래하듯 지껄였다. 가게를 열었다고 상상하는 게 분명했다.

"나를 내보내 주시오." 이반 드미트리치의 목소리가 떨렸다.

"그럴 수 없습니다."

"대체 왜 안 된다는 거요?"

"제게 그럴 권한이 없습니다. 생각해보십시오, 제가 내보내봤자 무슨 소용이 있을까요? 밖에서 시민들이나 경찰이 당신을 금방 붙잡아 데려올 텐데요."

"아, 그렇군. 맞는 말이야……." 이반 드미트리치가 이마를 문질렀다. "끔찍하군. 그럼 난 어떻게 해야 하지? 어떻게?"

안드레이 예피미치는 그 목소리, 그리고 찡그리고 있는 젊고 지적인 얼굴이 마음에 들었다. 그 청년을 위로하고 편안하게 해주고 싶었다. 그는 청년의 침대에 나란히 앉아 잠시 생각에 잠긴 후 말했다.

"어떻게 해야 할지 모르겠다고요? 제가 당신이라면 최선은 도망치는 겁니다. 하지만 안타깝게도 소용없는 짓이죠. 바로 붙잡힐 테니까. 사회가 범죄자, 정신병자, 기타 불편한 존재들로부터 자신을 차단하겠다고 들

○

면 당해낼 수가 없어요. 그럼 남은 건 하나, 여기 있을 수밖에 없다는 걸 마음 편히 받아들이는 겁니다."

"여기 있어야 하는 사람이란 없소."

"감옥과 정신병원이 있으니 누군가 거기 들어가야 합니다. 당신이 아니라면 제가, 제가 아니라면 다른 누구라도 말이죠. 먼 미래에 감옥이나 정신병원이 사라지면 더 이상은 창살 달린 창문도, 환자복도 없어질지 모릅니다. 그런 시대는 아마 꼭 올 겁니다."

이반 드미트리치가 비웃었다.

"재미있는 소리군." 그가 눈을 가늘게 떴다. "당신이나 저 니키타 같은 치들이 미래에 무슨 관심이 있을 것 같진 않지만 어떻든 좋은 시대가 올 거라는 건 확실하지! 내 표현이 진부하다면 비웃어도 좋소만 새로운 삶의 서광이 비칠 것이고 정의가 승리하며 거리에서 축제가 벌어질 것이오! 난 그때까지 버티지 못하고 죽어버리겠지만 후손들 누군가는 보게 될 거요. 그들을 온 마음으로 축하하고 기쁜 마음을 나누고 싶소. 자, 앞으로 전진! 벗들이여, 신의 가호가 있기를!"

이반 드미트리치는 눈을 번쩍이며 일어서더니 창문 쪽으로 두 팔을 벌리고 흥분된 목소리로 말을 이었다.

"이 철창 안에서 그대들을 축복하노라! 정의여, 어서 오라! 만세!"

"뭐가 기쁘다는 건지 모르겠습니다." 이반 드미트리

치의 동작이 연극 같다고 생각하면서도 마음에 든 안드레이 예피미치가 말했다. "감옥과 정신병원이 사라지고 당신 표현대로 정의가 승리한다 해도 세상의 본질은 바뀌지 않고 자연의 법칙도 똑같을 겁니다. 사람들도 지금처럼 계속 아프고 늙고 죽어가겠죠. 어떤 찬란한 서광이 당신 삶을 비춘다 해도 결국 관에 들어가 땅에 묻히는 건 마찬가집니다."

"불멸할 수 있다면 어떻소?"

"터무니없는 소리입니다!"

"믿지 않는군요. 난 믿소. 도스토옙스키였는지 볼테르였는지 모르겠지만 그런 말을 했지. 신이 없다면 사람들이 만들어야 한다고. 불멸이 없다면 위대한 인간의 지성이 조만간 그걸 만들어낼 것이라 난 굳게 믿소."

"말씀 잘하셨습니다." 안드레이 예피미치가 만족스러운 미소를 지었다. "믿는다니 다행입니다. 그런 믿음이 있다면 갇힌 채로도 즐겁게 살 수 있죠. 당신은 어딘가에서 교육을 받았군요?"

"대학에 다녔소. 졸업은 못 했지만."

"생각이 깊고 또 많은 분이군요. 어떤 상황에서든 스스로 평정심을 찾을 수 있을 겁니다. 삶을 통찰하는 자유롭고 깊은 생각, 어리석은 세상사에 대한 완전한 경멸은 인간이 가질 수 있는 최고의 축복입니다. 당신은 쇠창살 안에서도 그걸 가질 수 있습니다. 나무통 안에서 살았던 디오게네스도 지상의 어느 황제보다 행복했지요."

"디오게네스란 작자는 멍청이였소." 이반 드미트리치가 무뚝뚝하게 말했다. "어째서 디오게네스니, 통찰이니 하는 말을 하는 거요?" 그가 화를 내며 벌떡 일어났다. "난 삶을 사랑하오. 열렬히 사랑하오! 피해망상이 있어 늘 끔찍한 공포에 시달리지만 그래도 삶에 대한 갈망이 찾아올 때가 있고 그러면 정말로 미쳐버리지 않을까 두렵지. 난 정말이지 살고 싶소, 정말로!"

그는 흥분 상태로 병실 안을 돌아다니다가 목소리를 낮추고 말했다.

"생각에 빠지면 환영들이 찾아온다오. 사람들이 다가오고 말소리, 음악 소리가 들리지. 숲속이나 바닷가를 걷는 것 같은 느낌이오. 그러면 세상의 어리석음과 걱정거리를 간절히 원하게 된다오……. 말해주시오, 거긴 새로운 일이 뭐가 있소?" 이반 드미트리치가 물었다. "거긴 어떻소?"

"도시가 궁금한 겁니까, 아니면 세상 전체를 말하는 겁니까?"

"일단 도시 이야기 먼저 하고 그다음에 세상 전체에 대해 말해주시오."

"글쎄요, 도시는 죽을 만큼 따분합니다. 말할 상대도 없고 들어줄 사람도 없죠. 새로운 사람은 아예 없습니다. 아, 호보토프라는 젊은 의사가 오기는 했소."

"그 사람은 내가 도시에 있을 때 왔소. 야비한 놈 아니오?"

"그렇습니다. 교양 없는 사람이죠. 그런데 참 이상합니다. 우리나라의 수도 같은 곳에서는 어느 모로 보나 지성이 정체되는 일이 없고 교류가 활발하게 이어집니다. 진짜 사람들이 존재한다는 거죠. 하지만 거기서 이리로 오는 사람들은 하나같이 꼴도 보기 싫은 부류뿐입니다. 참으로 불행한 도시죠!"

"맞소, 불행한 도시요!" 이반 드미트리치가 한숨을 쉬더니 웃기 시작했다. "세상은 어떻소? 신문이나 잡지에는 어떤 얘기가 나오나요?"

병실은 벌써 어두웠다. 의사는 일어나서 선 채로 이야기를 하기 시작했다. 외국과 러시아에서 어떤 뉴스가 나오는지, 어떤 사상이 현재 관심을 끌고 있는지 등등. 이반 드미트리치는 집중해 들으면서 질문을 던지다가 갑자기 무언가 무서운 것을 떠올린 듯 두 손으로 머리를 움켜쥐더니 등을 보이며 돌아누워 버렸다.

"무슨 일입니까?" 안드레이 예피미치가 물었다.

"난 더 이상 한마디도 하지 않겠소!" 이반 드미트리치가 거칠게 말했다. "날 그만 내버려 둬요!"

"대체 왜 그러는 거죠?"

"날 내버려 두라니까! 악마 같은 놈!"

안드레이 예피미치는 어깨를 으쓱한 후 한숨을 쉬

며 병실을 나섰다. 현관을 지나면서 그는 한마디 했다. "여기를 좀 치우면 어떨까, 니키타. 정말 지독한 냄새가 나는데."

"알겠습니다, 나리."

'정말 똑똑한 청년이군!' 자기 집으로 향하면서 안드레이 예피미치는 생각했다. '이 도시에서 함께 대화할 만한 상대를 처음 만난 것 같군. 판단력이 있고 필요한 지식과 관심도 갖고 있어.'

책을 읽으면서도, 이후 잠자리에 들어서도 그는 계속 이반 드미트리치 생각을 했다. 그리고 다음 날 아침, 잠에서 깨자마자 똑똑하고 흥미로운 인물을 전날 알게 되었다는 사실을 떠올렸고 기회가 닿는 대로 그를 찾아가겠다고 마음먹었다.

10

이반 드미트리치는 전날과 똑같은 자세로 두 손으로 머리를 움켜쥔 채 다리를 웅크리고 누워 있었다. 얼굴은 보이지 않았다.

"친구여, 안녕하십니까?" 안드레이 예피미치가 말했다. "자는 거 아니죠?"

"첫째, 난 당신 친구가 아니오." 이반 드미트리치가 베개에 얼굴을 묻은 채 대답했다. "둘째, 당신은 괜한 짓을 하는 거요. 나한테서 한마디도 듣지 못할 테니까."

"이상하군요." 안드레이 예피미치가 당황하여 중얼거렸다. "어제 그토록 이야기를 잘 나누다가 무슨 이유에서인지 당신이 갑자기 화를 내며 입을 다물어버렸죠……. 제가 거슬리는 소리를 했거나 당신 믿음과 배치되는 생각을 말했던 모양입니다."

"그래, 난 그렇게 생각하오!" 이반 드미트리치가 몸을 일으키더니 경멸과 공포의 시선으로 의사를 쳐다보았다. 두 눈이 붉게 충혈되어 있었다. "정탐하는 스파이 짓은 다른 데 가서나 하시오. 여기서는 어림없소. 당신이 온 이유를 난 어제 바로 알아챘거든."

"괴상한 상상이군요." 의사가 웃었다. "그러니까 제가 스파이라는 겁니까?"

"그렇지. 스파이거나 의사거나 어떻든 나를 시험하려 든다는 건 똑같으니까."

"당신은 정말로, 미안한 말입니다만, 괴상한 사람이군요!"

의사가 침대 옆 걸상에 앉아 나무라듯 고개를 저었다.

"당신 말이 맞다고 칩시다. 그러니까 내가 당신한테 말실수를 유도해 경찰에 넘기려는 거라고 치자고요. 그럼 당신을 체포해 재판하겠지요. 법원과 감옥이 지금 여기보다 더 나쁜 곳인가요? 유형을 가거나 심지어 강제

노동형에 처해진다 해도 그게 여기 이 별채에 갇혀 있는 것보다 더 나쁜가요? 제가 보기에는 아닐 것 같은데요. 그럼 뭐가 두려운 거죠?"

그 말이 효과를 발휘한 듯했다. 이반 드미트리치가 가만히 일어나 앉았다.

오후 네 시가 넘었다. 평소라면 안드레이 예피미치가 방 안을 이리저리 걸어 다니고 다류슈카가 맥주를 마시겠냐고 물었을 시간이다. 바깥 날씨는 맑고 고요했다.

"저는 점심을 먹은 후 산책하러 나왔다가 잠깐 들른 겁니다. 완연한 봄이군요." 의사가 말했다.

"지금이 몇 월이오? 3월인가?" 이반 드미트리치가 물었다.

"네. 3월 말입니다."

"땅이 진창이오?"

"별로 그렇지 않습니다. 정원에는 벌써 오솔길이 나 있습니다."

"마차를 타고 교외로 나들이 가기 좋은 때로군." 이반 드미트리치가 잠이 덜 깬 듯 눈을 비비며 말했다. "그러고는 집으로, 따뜻하고 아늑한 서재로 돌아온다면…… 실력 있는 의사한테 두통 치료를 받는다면…… 난 인간적인 삶을 빼앗긴 지 오래요. 여기는 끔찍하오! 참기 힘들만큼 끔찍하오!"

전날 흥분한 탓에 지쳐버린 그는 말할 기력도 없었

다. 손가락이 떨렸고 두통이 아주 심하다는 게 얼굴에 드러났다.

"따뜻하고 아늑한 서재와 이곳 사이에는 아무런 차이도 없습니다." 안드레이 예피미치가 말했다. "인간의 평화와 만족은 바깥이 아니라 내면에 있는 법이니까요."

"무슨 소리요?"

"보통 사람들은 자기 밖에서, 그러니까 마차나 서재에서 좋거나 나쁘거나를 찾죠. 하지만 생각을 하는 이라면 자기 자신에게서 찾습니다."

"그런 철학은 날이 따뜻하고 오렌지 향기까지 물씬 풍기는 그리스로나 보내시오. 여기 날씨하고는 맞지 않으니. 내가 누구랑 디오게네스 얘길 했더라? 당신 아니오?"

"어제 저와 했습니다."

"디오게네스에겐 서재도, 따뜻한 집도 필요 없었소. 어차피 더운 곳이니까. 나무통 안에 누워 오렌지와 올리브를 먹으면 됐지. 러시아로 와서 살게 되면 아마 12월은 물론이고 5월에도 방에 들어가겠다고 사정을 할 거요. 추워서 온몸을 오그리고 있었을 테고."

"아닙니다. 다른 모든 고통이 그렇듯 추위도 느끼지 않을 수 있습니다. 마르쿠스 아우렐리우스는 '고통은 생생한 상상이다. 강한 의지로 그 상상을 바꾸고 버려라. 불평을 멈춰라. 그러면 고통이 사라질 것이다'라고 했습니다. 맞는 말입니다. 현인, 아니 생각이 깊고 판단력이 있는 사람은 고통을 무시해버린다는 특징이 있죠. 늘 만족하고 어떤 일에도 놀라지 않으니까요."

"그러니까 난 바보란 말이군. 늘 고통스럽고 불만족스러워하고 인간의 비속함에 놀라고 있으니 말이오."

"그럴 필요 없는 거죠. 깊은 생각을 더 자주 한다면 당신을 뒤흔드는 바깥 요소들이 모두 하잘것없다는 걸 알게 될 겁니다. 삶을 이성적으로 이해하려고 노력해야 합니다. 거기에 진정한 행복이 있죠."

"이성적 이해라……." 이반 드미트리치가 얼굴을 찡그렸다. "바깥 요소니 내면 요소니, 미안하지만 그런 건 난 모르겠소. 내가 아는 건 그저," 그는 벌떡 일어나 의사에게 분노의 눈빛을 던지며 말했다. "신이 나를 따뜻한 피와 신경을 지닌 존재로 만들었다는 거요. 유기체의 조직이 생존하려면 모든 자극에 반응해야만 하지. 그래서 난 반응하오! 고통스러우면 비명을 지르고 눈물을 흘리오. 비열함 앞에서는 분노하고 추악함 앞에서는 혐오하오. 내 생각에는 이것이야말로 삶이라 불려 마땅하오. 하등한 생명체일수록 감각이 둔하고 자극에 약하게 반응하는 반면 고등한 생명체는 더 예민하고 적극적으로 반응하지. 이걸 모르는 거요? 의사 선생이 이렇게 간단한 것을 모른다고? 고통을 무시하려면, 늘 만족하고 어떤 일에도 놀라지 않으려면 저런 상태가 되어야 하오." 그는 뚱뚱보 농부를 가리켰다. "그게 아니라면 고통의 모든 감각을 잃어버리는 수준까지 자신을 단련해야겠지. 달리 말하면 삶을 중단하는 거요. 미안하지만 난 현인도 철학자도 아니라서 그런 건 모르오." 이반 드미트리치가 짜증스럽다는 듯 말을 이어갔다. "나는 이성적 이해를 할 그릇이 못 되오."

"정반대인데요, 아주 훌륭하게 이성적으로 이해하고 있습니다."

"당신이 섣불리 인용하는 스토아 철학자들은 위대한 인물들이지만 그 학문은 벌써 2천 년 전에 박제되어 눈곱만큼도 앞으로 나아가지 못했고 앞으로도 발전되지 못할 거요. 비실용적이고 생명력도 없기 때문이지. 학문이라면 무조건 매달려 즐기는 소수의 사람에게만 사랑받았을 뿐 대부분의 사람은 이해하지 못했소. 부와 안락한 삶에 초연하고 고통과 죽음을 무시하라는 그 가르침은 대다수에게 납득될 수 없소. 대다수는 부와 안락한 삶을 아예 모르기 때문에, 또한 고통을 무시하라는 건 삶자체를 무시하라는 뜻이기 때문에 그렇지. 인간 존재 자체가 굶주림, 추위, 모욕, 상실, 그리고 죽음 앞에서 햄릿이 느꼈던 것 같은 공포로 이루어져 있지 않소. 그 모든 느낌 속에 삶이 있는 거요. 삶을 고통스러워하거나 싫어할 수는 있어도 무시할 수는 없지. 그래서 스토아 철학에는 미래가 없다는 거요. 세상이 시작된 이래 지금까지 고통과의 전쟁, 고통에 대한 민감성, 자극에 반응하는 능력은 발전을 거듭하고 있거든……."

생각의 끈을 갑자기 놓쳐버린 이반 드미트리치가 짜증스럽다는 듯 이마를 문질렀다.

"뭔가 중요한 얘기를 하고 싶었는데 엉켜버렸군." 그가 혼잣말을 했다. "무슨 말을 하려고 했더라? 아, 그렇지! 자, 이거요. 스토아 학자 누군가가 가까운 이를 구해내는 대신 자신을 노예로 팔았던 일이 있소. 이걸 보면 스토아 철학자도 자극에 반응했다는 게 드러나오. 가까운 이를 위해 자신을 파괴하는 그런 고결한 행동을 하려면 분노하는 마음, 동정하는 마음이 필요하니까. 여기 갇혀 있다 보니 난 내가 배웠던 것을 다 잊어버렸소. 아니라면 무언가 더 기억이 날 텐데. 그리스도를 예로 들어볼까? 그리스도 역시 울고 미소 짓고 슬퍼하고 분노하고 괴로워하면서 현실에 반응했소. 고통 앞에서 미소 짓지 않았고 죽음을 무시하지 않았소. 겟세마네 동산에서는 이 잔을 거두어달라고 기도했지."

이반 드미트리치가 미소 지으며 앉았다.

"인간의 평화와 만족은 바깥이 아니라 내면에 있다고 합시다. 또 고통을 무시해버리고 어떤 일에도 놀라지 않아야 한다고 합시다. 당신은 무엇을 근거로 그런 얘기를 하는 거요? 당신이 현인이요, 아니면 철학자요?"

"전 철학자가 아닙니다. 이건 누구에게든 널리 알려

야 하는 일입니다. 이성적 이해니까요."

"아니, 내가 알고 싶은 건 이성적 이해니, 고통에 대한 무시에 대해 당신이 말할 자격이 있다고 여기는 이유요. 언제 고통을 당해보기나 했소? 고통이 무엇인지 알기나 하오? 혹시 어릴 때 맞아보기는 했소?"

"아닙니다. 제 부모님은 신체적 체벌이 나쁘다고 생각하셨습니다."

"나는 아버지에게 혹독하게 맞으며 자랐소. 내 아버지는 완고한 성격의 관리였지. 코가 길고 목이 누런 치질 환자였고. 그렇지만 당신 얘기를 합시다. 당신은 평생누가 손가락 하나 건드린 일 없고 협박을 당하거나 맞아보지도 않았지. 당신은 황소처럼 건강하오. 아버지 슬하에서 자라 아버지 돈으로 공부한 후 곧장 편안한 직장을잡았소. 20년이 넘도록 난방이며 조명이 갖춰지고 하녀까지 딸린 집을 공짜로 받아 살고 있소. 일은 마음 내키는 만큼만, 심지어는 아예 하지 않아도 되오. 본래 나태하고 나약한 성향이라 아무 방해도 받지 않고 자리를 옮겨 다닐 걱정도 없이 살고자 하오. 일은 보조의사나 쓰레기 같은 직원들에게 떠넘기고 자기는 따뜻하고 고요한 곳에 앉아 돈을 모으고 책이나 읽지. 고상한 헛소리에 대해 고민하는 걸 즐기고 또 (이반 드미트리치는 의사의 붉은 코를 쳐다보았다) 술도 좋아하는군. 한마디로당신은 아직 삶을 보지도 못했고 삶을 전혀 모르오. 이론

적으로만 아는 거야. 당신이 고통을 무시하고 어떤 일에도 놀라지 않는 이유는 아주 간단하오. 헛되고 헛되다는 생각, 바깥과 내면에 대한 구분, 삶이나 고통이나 죽음에 대한 무시, 이성적 판단, 진정한 행복 등등 러시아의 게으름뱅이한테나 어울리는 철학 때문이지. 예를 들어 생각해봅시다. 농부가 아내를 때리고 있소. 거기 끼어들 필요는 없겠지? 때리라고 내버려 두면 되오. 어차피 둘 다 머지않아 죽을 테니까. 더욱이 폭력은 맞는 사람보다 때리는 사람 자신을 더 욕보이는 행동이고 말이오. 술 취하는 건 멍청하고 한심스럽지만 마셔도 죽고 안 마셔도 죽는 건 똑같소. 아낙네가 이가 아프다고 하면 어떻게 하겠소? 고통은 고통에 대한 상상이고 어차피 고통 없이 살 수는 없으며 누구나 죽을 테니 그 아낙네에게 그냥 돌아가라고, 내가 사색하고 보드카 마시는 걸 방해하지 말라고 할 게 아니요. 젊은이가 어떻게 살아야 하느냐고 묻는다고 합시다. 다른 사람이라면 대답하기 전에 생각을 하겠지만 그쪽은 답이 준비되어 있지. 이성적 판단으로 진정한 행복을 얻기 위해 노력하라는 것. 도대체 그 진정한 행복이라는 건 뭐요? 물론 대답을 못 하겠지. 우리가 이 쇠창살 안에서 고통받고 썩어가는 건 이성적이고 훌륭한 일이지. 이 병실과 따뜻하고 안락한 서재 사이에는 아무런 차이가 없으니까 말이오. 참 편리한 철학 아니오. 아무것도 안 하면서 양심은 깨끗하고 스스로 현자라 느끼고……. 의사 양반, 그건 철학도, 사상도, 넓은 시각도 아닌 나태, 무책임, 잠꼬대일 뿐이오……. 안 그렇소?" 이반 드미트리치가 다시 화를 냈다. "고통을 무시한다지만 당신도 손가락이 문에 끼면 목청껏 비명을 지르게 될 거요!"

"안 그럴 수도 있죠." 안드레이 예피미치가 슬쩍 미소 지으며 말했다.

"그러시오? 그럼 갑자기 몸이 마비된다면, 아니 어떤 무례한 바보가 자기 지위를 이용해 당신을 공개적으로 모욕했다면, 그런데도 아무 처벌 없이 잘 지낸다는 걸 알게 된다면 그때야 당신은 깨닫게 될 거요. 이성적 판단이니 진정한 행복으로 남들을 어떻게 이끌어야 하는지를 말이오."

"아주 흥미롭군요." 안드레이 예피미치가 만족감에 미소를 짓고 두 손을 비비며 말했다. "당신의 일반화 논리에 큰 감명을 받았습니다. 또한 조금 전 저의 특징을 짚어주신 건 정말 대단합니다. 당신과 대화하는 건 참으로 즐겁습니다. 자, 지금까지 제가 들었으니 이제는 당신이 들어주시지요."

11

이 대화는 한 시간 정도 더 이어졌고 안드레이 예

피미치에게 깊은 인상을 남긴 것 같았다. 그는 매일 별채에 가기 시작했다. 오전이나 점심 후에 가서는 저녁 어스름이 내릴 때까지 이반 드미트리치와 이야기를 나누었다. 처음에 이반 드미트리치는 그를 꺼리고 나쁜 의도가 있는 건 아닌지 의심하면서 적의를 드러냈지만 점차 익숙해졌고 신랄한 비판의 말투도 비꼬는 풍자로 바뀌었다.

의사 안드레이 예피미치가 6호 병동에 드나든다는 소문은 곧 병원에 퍼졌다. 보조의사도, 니키타도, 간병인들도 대체 왜 의사가 거기 가서 몇 시간씩 머무는지, 무슨 얘기를 하는지, 진료기록을 안 쓰는 이유는 무엇인지 알지 못했다. 그의 행동은 괴상하게 여겨졌다. 의사를 찾아간 우체국장 미하일 아베랴니치가 허탕 치는 일이 잦아졌고 (전에는 한 번도 없던 일이었다) 다류슈카는 의사가 정해진 때 맥주를 마시지 않고 때로는 식사 시간에도 늦는 바람에 몹시 당황했다.

6월도 다 지나가던 어느 날 의사 호보토프가 용무가 있어 안드레이 예피미치를 만나러 갔다. 집에도 가보고 병원 마당을 돌아다니며 찾았지만 허사였다. 그러다 정신병동에 가 있다는 말을 들었다. 별채로 가 현관에 들어선 호보토프의 귀에 다음과 같은 대화가 들렸다.

"우리는 결코 합의를 볼 수 없소. 날 설득하려 해도 결국 실패할 테고." 이반 드미트리치가 화 난 목소리로 말했다. "당신은 현실을 전혀 모르고 고통받아본 적도 없소. 남들이 느끼는 고통 옆에서 그저 한 마리 벌레처럼 배불리 먹으며 살아왔지. 난 태어난 날부터 오늘까지 끊임없이 고통받고 있는데 말이야. 그러므로 솔직히 말해 나는 당신보다 내가 모든 면에서 더 뛰어나고 현명하다고 생각하오. 나를 가르치려 들지 마시오."

"당신이 제 생각을 따르도록 설득할 생각은 전혀 없습니다." 안드레이 예피미치가 상대의 오해를 안타까워하며 작은 소리로 말했다. "핵심은 그게 아닙니다, 친구여. 당신이 고통받고 나는 고통받지 않는다는 게 핵심이 아니란 말입니다. 고통과 기쁨은 순간적이니 그냥 내버려 둡시다. 핵심은 우리가 생각하는 존재라는 겁니다. 우리는 서로가 사고하고 판단하는 인간이라는 걸 압니다. 그래서 서로 아무리 시각이 다르다 해도 연대의식을 갖게 됩니다. 내가 주변의 우둔함, 우매함, 광기에 얼마나 넌더리가 나는지, 또 당신과의 대화에 늘 얼마나 큰 기쁨을 느끼는지 알아주었으면 좋겠군요. 친구여, 당신은 지적인 사람이고 난 그런 당신이 좋습니다."

호보토프가 문을 살짝 열고 안을 들여다보았다. 수면 모자를 쓴 이반 드미트리치가 의사 안드레이 예피미치와 침대에 나란히 앉아 있었다. 정신병자는 얼굴을 찡그리고 몸을 떨면서 불안한 듯 환자복을 여몄고 의사는 고개를 떨군 채 꼼짝하지 않았다. 붉게 달아오른 의사의 얼굴이 무력하고 슬퍼 보였다. 호보토프는 어깨를 으쓱하고 히죽 웃으며 니키타와 눈짓을 주고받았다. 니키타도 어깨를 으쓱해 보였다.

다음날 호보토프는 보조의사를 데리고 별채로 갔다. 그리고 함께 현관에 서서 병실의 대화를 엿들었다.

"의사나리가 완전히 정신이 나간 모양입니다!" 별채를 나서던 호보토프가 말했다.

"주님, 죄 많은 저희를 불쌍히 여기소서!" 신심 깊은 세르게이 세르게이치가 한숨을 내쉬었다. 그리고 깨끗이 닦은 장화를 더럽히지 않으려고 애써 진창을 피해 걸으면서 덧붙였다. "솔직히 말해 진작부터 이렇게 될 것 같았답니다."

12

이후 안드레이 예피미치는 주변 사람들이 뭔가 감추고 있다는 것을 눈치챘다. 잡역부들, 간병인들, 환자들이 뭔가 물어보려는 듯 그를 빤히 쳐다보다가는 자기들끼리 숙덕거렸다. 병원 마당에서 그를 만나면 반가워하던 관리 담당의 어린 딸 마샤는 이제 그가 미소 지으며 다가가 머리를 쓰다듬으려 하면 어째서인지 도망가기 바빴다. 우체국장 미하일 아베랴니치는 그의 말에 더이상 "옳으신 말씀입니다"라고 맞장구치지 않고 "네, 네,

네"라고 중얼거리면서 생각에 잠긴 채 그에게 서글픈 시선을 던졌다. 더 나아가 보드카와 맥주를 그만 마시라고 충고하기 시작했다. 물론 신중한 사람인 만큼 직설적으로 말하지는 않고 훌륭한 인물이었던 대대장과 연대 소속의 젊은 사제가 술 때문에 병이 났지만 술을 끊자 다시 완전히 건강해졌다는 얘기를 늘어놓았다. 호보토프도 두세 번 찾아와 술을 그만 마시라고 조언했고 이유도 없이 브롬화칼륨^{20세기 초반까지 신경안정제로 사용되었던 화합물} 복용을 권했다.

8월에 안드레이 예피미치는 아주 중요한 용건이 있으니 오라는 시장의 편지를 받았다. 약속한 시각에 도착해보니 연대장, 장학관, 시의원, 호보토프, 그리고 의사라고 하는 뚱뚱한 금발 신사가 와 있었다. 발음하기 어려운 폴란드계 성씨 의사는 도시에서 30킬로미터 떨어진 말 사육장에 사는데 지나가는 길에 들른 거라고 했다.

"선생님 병원과 관련해 논의할 문제가 있어서요." 모두 인사를 나누고 자리에 앉은 후 시의원이 안드레이 예피미치에게 말했다. "여기 계신 호보토프 선생 말씀으로는 본관의 약국이 좁아서 별채 중 한 곳으로 옮기는 게 좋을 것 같다고 하네요. 물론 옮기는 게 어려운 일은 아니지만 별채를 수리해야 한다고 하는군요."

"네. 수리를 해야죠." 잠시 생각하고 안드레이 예피미치가 대답했다. "구석의 별채를 약국으로 만든다고 하면 최소한 500루블은 들 겁니다. 생산적이지 못한 지출이죠."

잠시 침묵이 흘렀다.

"10년 전에도 이미 보고한 바 있습니다만," 안드레이 예피미치가 작은 소리로 말을 이었다. "시 재정 상태로 볼 때 병원은 현재 모습으로도 터무니없는 낭비입니다. 40년대에 건축할 당시는 말할 필요도 없었고요. 시는 불필요한 건물과 과다한 인력에 너무 많은 돈을 쓰고 있습니다. 방식을 바꾼다면 같은 돈으로 멀쩡한 병원 두 곳은 운영할 수 있을 겁니다."

"그럼 방식을 바꿉시다!" 시의원이 기운차게 말했다.

"이미 보고한 바 있습니다만, 병원의 의료 부분을 젬스트보 소관으로 넘기면 된다고 생각합니다."

"젬스트보에 돈을 주면 다 빼돌릴 텐데요." 금발머리 의사가 웃었다.

"늘 그랬던 것처럼요." 시의원도 맞장구치며 웃기 시작했다.

안드레이 예피미치는 흐릿하고 무심한 시선으로 금발머리 의사를 바라보더니 말했다.

"공정하게 해야지요."

다시 침묵이 흘렀다. 차가 나왔다. 왜 그런지 몹시 당황한 모습의 연대장이 탁자 건너편에서 안드레이 예피미치의 손을 만지며 말했다. "의사 선생님은 우리를 완전히 잊어버리고 있었겠죠. 카드놀이도 안 하고 여자도 멀리하고 수도승처럼 사니 말입니다. 우리 같은 사람들하고 함께 지내는 게 지루할 거예요."

그러고는 모두들 점잖은 사람이 이런 도시에서 사는 것이 얼마나 지루할지에 대해 이야기하기 시작했다. 극장도 없고 음악도 없으며 최근 클럽에서 열린 무도회에는 여성이 스무 명쯤 참석했지만 짝이 될 남성은 두 명뿐이었다고, 청년들은 춤을 안 추고 술집에 몰려다니거나 카드놀이를 한다고 했다. 안드레이 예피미치는 누구에게도 시선을 주지 않은 채 천천히 조용히 말하기 시작했다. 시민들이 삶의 에너지, 열정과 지성을 카드나 뜬소문에 낭비해버리고 흥미로운 대화나 독서를 하지 않는 것, 지적인 즐거움을 누리고 싶어 하지 않는 것은 참으로 안타깝기 짝이 없는 일이라고 말이다. 그리고 지성만이 유일하게 흥미롭고 훌륭할 뿐 다른 모든 것은 사소하고 저급하다고도 덧붙였다. 호보토프는 주의 깊게 귀를 기울이다가 갑자기 물었다.

"안드레이 예피미치, 오늘이 몇 월 며칠이죠?"

대답을 하자 호보토프와 금발 의사가 서투른 시험관 같은 말투로 질문을 던져댔다. 오늘은 무슨 요일인가, 1년은 모두 며칠인가, 6호 병동에 뛰어난 예언자가 산다는데 정말인가 등등.

마지막 질문에 답하면서 안드레이 예피미치는 얼굴

을 붉혔다. "그렇습니다. 환자지만 아주 흥미로운 청년입니다."

더 이상 아무도 질문하지 않았다.

현관에서 외투를 입는 안드레이 예피미치에게 연대장이 다가오더니 어깨에 손을 올리고 한숨을 내쉬었다. "우리 같은 늙은이들은 이제 물러날 때군!"

시청을 나서면서 안드레이 예피미치는 자기 정신 상태를 평가하기 위한 위원회가 방금 끝났음을 깨달았다. 자신이 받은 질문을 떠올리면서 그는 얼굴을 붉혔고 난생처음으로 의학이 한심하다는 생각이 들었다.

'맙소사, 정신의학에 대해 안 지도 얼마 안 되었으면서 평가하려 들다니,' 그는 조금 전 의사들의 모습을 떠올리며 생각했다. '그런 무식한 용기는 어디서 나오는 걸까? 정신의학이 무엇인지도 제대로 모를 텐데!'

그는 난생처음으로 모욕감과 분노를 느꼈다.

그날 저녁때 미하일 아베랴니치가 그를 찾아왔다. 우체국장은 인사도 생략한 채 다가와 의사의 두 손을 잡더니 들뜬 목소리로 말했다.

"친구여, 내 진심 어린 호의를 믿고 나를 친구로 여긴다는 걸 증명해주시오. 친구여!" 안드레이 예피미치가 무언가 대답하려는 걸 가로막으며 그가 열띤 어조로 계속해서 말했다. "나는 당신의 교양과 고결한 영혼을 좋아합니다. 부디 내 말을 따라주십시오. 의사들은 과학의 원칙 때문에 당신에게 진실을 말하지 않지만 나는 군인답게 터놓고 말하겠소. 당신은 건강이 상했어요! 이런 말을 하는 나를 용서하시오. 하지만 이건 주변 사람들 모두가 벌써 오래전부터 눈치채 온 진실입니다. 방금 호보토프 선생이 그러더군요, 당신은 좀 쉬고 놀면서 건강을 회복해야 한다고. 옳으신 말씀이 아닙니까! 얼마나 멋진 일입니다! 마침 나도 휴가를 내서 바깥 공기를 좀 쐬러 떠나려 했습니다. 당신이 내 친구라는 걸 보여주시오. 함께 떠나는 겁니다! 지난 일은 다 털어버리고 떠납시다."

"제 건강에는 아무 문제가 없습니다." 잠시 생각하더니 안드레이 예피미치가 말했다. "여행을 가기는 어렵겠군요. 다른 방법으로 우정을 증명하도록 허락해주십시오."

명확히 이유도 모른 채 어딘가를 가는 것, 책과 다류슈카, 맥주 등 지난 20년 동안 지켜온 일상을 깨뜨리는 건 어이없고 황당한 일처럼 여겨졌다. 하지만 잠시 후시청에서의 대화, 시청에서 돌아오면서 느낀 부정적 감정을 떠올리자 자신을 정신병자 취급하는 이 도시를 잠시 떠나있는 것도 괜찮겠다는 생각이 들었다.

"그래서 어디를 가실 예정이죠?" 그가 물었다.

"모스크바, 페테르부르크, 바르샤바입니다. 바르샤바는 제 생애에서 가장 행복한 5년을 보냈던 곳이죠. 정말 대단한 도시랍니다! 친구여, 함께 갑시다!"

13

　한 주 후 안드레이 예피미치는 쉬라는, 다시 말해 퇴직하라는 통보를 무심하게 받아들였다. 다시 한 주가 지난 후 그는 미하일 아베랴니치와 함께 우편 마차를 타고 가장 가까운 기차역으로 향하고 있었다. 푸른 하늘 아래 멀리까지 시야가 트인 맑고 쌀쌀한 날이 이어졌다. 2백 킬로미터 떨어진 역까지 가는 데 이틀 밤낮이 걸렸고 두 곳에서 숙박해야 했다. 역참에서 제대로 씻지 않은 지저분한 잔에 차를 내오거나 말 매는 데 시간이 오래 걸리기라도 하면 미하일 아베랴니치는 얼굴이 시뻘겋게 달아올라 온몸을 부들부들 떨면서 고함을 질렀다. "입 닥치고 일이나 제대로 해! 엉뚱한 소리 말고!" 마차에 탔을 때는 잠시도 쉬지 않고 카프카스며 폴란드 왕국 여행담을 떠들어댔다. 얼마나 대단한 모험이었는지, 어떤 사람들을 만났는지! 눈을 크게 뜨고 큰 소리로 말하는 모습이 거짓말을 하는 게 아닐까 싶었다. 더군다나 그는 안드레이 예피미치 코앞에서 숨을 쉬고 귓전에다 대고 껄껄 웃었다. 의사는 그게 거북했고 집중해서 생각하는 데 방해를 받았다.

　기차는 돈을 아끼기 위해 삼등석 금연 칸을 선택했다. 승객 절반 정도는 깔끔한 이들이었다. 미하일 아베랴니치는 곧 모든 승객과 아는 사이가 되어 여기저기 자리를 옮겨 다니며 이런 끔찍한 철도 여행은 하는 게 아니라고 큰 소리로 떠들어댔다. 사방이 사기꾼들뿐이라는 것이었다. 말을 타고 여행한다면 전혀 다르다, 하루에 100킬로미터를 달리고 나면 활기차고 상쾌한 기분을 느끼게 된다, 흉작의 원인은 핀스키 습지를 간척했기 때문이다, 도처에 잘못된 행정이 만연하다……. 미하일 아베랴니치는 잔뜩 흥분해 다른 이들에게는 말할 기회조차 주지 않고 시끄럽게 떠들었다. 커다란 웃음과 과장된 몸짓이 섞인 끝없이 이어지는 수다에 안드레이 예피미치는 피곤해졌다.

'우리 둘 중 누가 정신병자야?' 그는 짜증스러워하며 생각했다. '다른 승객에게 불편을 끼치지 않으려고 조심하는 나인가, 아니면 자기가 제일 똑똑하고 말할 거리가 많은 사람이라고 생각하며 모두를 귀찮게 하는 저 이기주의자인가?'

모스크바에서 미하일 아베랴니치는 견장 없는 군복 상의와 옆선에 붉은 줄이 쳐진 바지를 입었다. 군모에 군인 외투까지 갖춰 입고 거리를 돌아다니자 병사들이 경례를 했다. 예전에 지녔던 귀족적 풍모 가운데 좋은 것은 다 잃어버리고 저열한 것만 남은 듯했다. 미하일 아베랴니치는 시중받기를 좋아했는데 전혀 필요 없을 때조차 그러했다. 식탁 위 바로 앞에 성냥이 놓인 것을 뻔히 보면서도 사람을 불러 성냥을 가져오라고 했다. 객실 청소부가 있을 때도 속옷 바람으로 방을 활보했다. 나이가 많든 적든 하인한테는 반말을 했고 화가 나면 멍청한 놈이니, 바보니 하고 불렀다. 이런 모습은 귀족적일지는 몰라도 저열한 짓이었다.

미하일 아베랴니치가 친구를 가장 먼저 데려간 곳은 이베르스카야 성당이었다. 그는 눈물을 흘리며 바닥에 닿을 만큼 몸을 구부리고 열렬히 기도를 올린 후 깊은숨을 들이쉬며 말했다. "신앙이 없다 해도 기도하면 마음이 편안해집니다. 성상에 입을 맞추시죠."

안드레이 예피미치가 어색해하며 성상에 입을 맞추었다. 미하일 아베랴니치는 고개를 흔들며 입술을 앞으로 쭉 내밀었고 속삭이며 기도를 올렸다. 다시금 두 눈에 눈물이 고였다. 이후 두 사람은 크렘린 궁전으로 가서 커다란 대포와 종을 구경했고 손가락으로 만져보기까지 했다. 모스크바 강변 풍경을 구경하고 구세주 성당과 루만체프 박물관도 둘러보았다.

점심은 테스토프 식당에서 먹었다. 미하일 아베랴니치는 구레나룻을 잡아당기면서 메뉴를 한참 들여다보았고 식당을 집처럼 편안하게 여기는 식도락가 같은 말투로 한마디 했다. "자, 얼마나 잘 먹여주는지 봅시다!"

14

새로운 곳에 가고 구경하고 먹고 마시면서 의사의 마음속에는 미하일 아베랴니치에 대한 짜증, 오직 그것밖에 없었다. 친구에게서 벗어나 휴식하고 싶은 마음뿐이었다. 혼자 어딘가에 숨어버리고 싶었다. 하지만 친구는 한 발짝도 떨어지지 않고 곁에 붙어 있으면서 가능한 한 더 많은 즐거움을 안겨주는 게 자기 의무라 여겼다. 볼 만한 게 없을 때는 이야기로 친구를 즐겁게 하려 했다. 안드레이 예피미치는 처음 이틀은 참았지만 결국 사흘째 되던 날, 몸이 아파 숙소에 머물러 있겠다고 말했다. 그러자 친구는 자기도 함께 남겠다고 했다. 사실 휴식이 필요했다. 안 그러면 다리가 버티지 못할 판이었다. 안드레이 예피미치는 소파에 돌아누워 이를 악문 채 친구의 이야기를 들어야 했다. 프랑스가 조만간 독일을 쳐부수고 말 거라는 둥, 모스크바에는 사기꾼들이 아주 많다는 둥, 말[馬]은 겉모습만으로는 제대로 평가할 수 없다는 둥. 의사는 귀가 울리고 심장 박동이 빨라졌지만 소심한 성격 때문에 친구에게 나가달라거나 조용히 해달라고 말하지 못했다. 다행히 숙소에 머무는 것이 지루해진 미하일 아베랴니치가 식사 후에 산책하러 나갔다.

혼자 남은 안드레이 예피미치는 그제야 휴식을 누릴 수 있었다. 꼼짝 않고 소파에 누워 혼자만의 시간을 보내는 게 얼마나 즐거운지! 진짜 행복은 고독 없이는 불가능한 것이다. 타락 천사가 신을 배신한 이유도 분명 천사에게는 불가능한 고독을 원했기 때문일 것이다. 안드레이 예피미치는 최근 며칠 동안 보고 들은 것을 떠올리려 했지만 미하일 아베랴니치의 존재가 머릿속을 떠나지 않았다.

'휴가를 내 나와 함께 떠난 게 우정과 배려 때문이라지만,' 의사는 짜증을 내며 생각했다. '이런 식이라면 우정의 보살핌보다 더 나쁜 건 없을 거야. 선량하고 관대하고 유쾌하긴 하지만 지루한 사람이야. 견딜 수 없을 만큼 지루해. 지적이고 좋은 말을 늘어놓지만 멍청하기 짝이 없는 이런 사람들이 세상에는 얼마나 많은가.'

이후 며칠 동안 안드레이 예피미치는 몸이 아프다는 핑계를 대고 숙소에 머물렀다. 소파에 등을 돌리고 누워 친구가 자기를 위한답시고 떠들어대는 이야기들에 괴로워하다가 친구가 나가면 비로소 휴식을 취했다. 여행을 떠난 자신에게, 날이 갈수록 더 수다스러워지고 허물없이 구는 친구에게 짜증이 났다. 진지하고 고상한 생각을 한다는 건 도저히 불가능했다.

'이반 드미트리치가 말했던 현실의 고통이라는 게 이런 것이로군.' 그는 자신의 소심함에 화를 내면서 생각했다. '하지만 별거 아냐. 집으로 돌아가면 모든 것이 옛날과 똑같을 테니.'

페테르부르크에 갔을 때도 마찬가지였다. 그는 종일 숙소에 머물렀고 소파에 누워 있다가 맥주를 마실 때만 일어났다.

미하일 아베랴니치는 어서 바르샤바에 가자고 재촉했다.

"친구여, 제가 거기 왜 가야 합니까?" 안드레이 예피미치가 간청하듯 말했다. "혼자 가시고 저는 집에 돌아갔으면 좋겠습니다. 부탁드립니다!"

"절대 안 됩니다!" 미하일 아베랴니치가 대답했다. "정말 대단한 도시입니다. 바르샤바는 제 생애에서 가장 행복한 5년을 보냈던 곳이라니까요!"

안드레이 예피미치는 계속 고집부리는 성격이 못되었으므로 어쩔 수 없이 바르샤바에 갔다. 거기서도 숙소에 처박혀 소파에 누운 채 자기 자신에게, 친구에게, 러시아어를 못 알아듣겠다고 고집스럽게 주장하는 종업원들에게 화를 냈다. 미하일 아베랴니치는 늘 그렇듯 건강하고 활기차고 즐거웠으며 아침부터 저녁까지 도시를 돌아다니며 옛 지인들을 만났다. 몇 차례는 밤이 되어도 숙소에 돌아오지 않았다. 그렇게 외박한 어느 날 아침 일찍 들어온 그는 얼굴이 상기되고 머리가 헝클어진 채 잔뜩 격앙돼 있었다. 방 안을 한참 동안 이리저리 오가면서 무언가 중얼거리던 그는 멈춰서더니 말했다.

"명예가 무엇보다 중요하지!"

다시 잠시 방 안을 오가던 그는 머리를 감싸 쥐더니 비극적인 말투로 말했다.

"그래, 명예가 무엇보다 중요해! 이런 바빌론에 오겠다는 생각이 처음 떠오른 순간을 저주해야지. 친구여," 그가 의사를 바라보았다. "나를 비웃어도 좋소. 노름으로 돈을 날렸소. 500루블만 빌려줄 수 있겠소?"

이반 드미트리치가 500루블을 세어 말없이 건네주었다. 수치심과 분노로 여전히 격앙된 상태이던 그는 필요도 없는 맹세의 말을 중얼거리더니 모자를 쓰고 나갔다. 두 시간쯤 후에 돌아온 그는 의자에 앉아 씩씩거리며 숨을 몰아쉬더니 말했다.

"명예는 회복했소! 친구여, 떠납시다! 이 빌어먹을 도시에 한순간도 더 머물고 싶지 않군요. 사기꾼 천지야! 오스트리아 스파이들 천지고!"

두 친구가 돌아왔을 때는 벌써 11월이었고 거리에는 눈이 두껍게 쌓여 있었다. 안드레이 예피미치의 자리는 호보토프가 차지한 상태였다. 안드레이 예피미치가 돌아와 관사를 비워주기를 기다리며 아직 예전 집에 살고 있다고 했다. 식모라고 하던 못생긴 여자는 벌써 별채 중 하나에 살고 있었다.

도시에는 병원에 대한 새로운 소문이 무성했다. 못생긴 여자가 관리 담당과 싸웠는데 결국 관리 담당이 무릎을 꿇고 용서를 빌었다는 것이었다.

안드레이 예피미치는 돌아오자마자 살 집부터 구해야 했다.

"친구여," 우체국장이 조심스레 입을 뗐다. "이런 질문을 용서하시오. 돈이 얼마나 있는 거요?"

안드레이 예피미치는 말없이 돈을 헤아려보고는 대답했다. "86루블 있습니다."

"아니, 그게 아니라," 미하일 아베랴니치가 당황하여 다시 말했다. "재산이 총 얼마나 되는지 묻는 거요."

"이미 말씀드렸는데요. 86루블입니다. 더 이상 아무것도 없습니다."

미하일 아베랴니치는 의사가 정직하고 고결한 사람이라고 생각했지만 그럼에도 최소한 2만 루블 정도는 모아두었을 것이라 생각했다. 먹고살 돈 한 푼 없는 빈털터리라는 걸 이제야 알게 된 그는 갑자기 울음을 터뜨리며 친구를 껴안았다.

15

안드레이 예피미치는 벨로바라는 평민 여자가 주인인 창문 세 개짜리 작은 집에 살게 되었다. 부엌을 빼면 방이 세 개뿐이었다. 거리로 창문이 난 방 두 개를 의사가 쓰고 세 번째 방과 부엌에서는 다류슈카, 주인 여자와 세 자녀가 살았다. 가끔 주인 여자의 애인이라는 술 취한 농부가 자러 왔다. 거칠게 구는 사람이라 아이들과 다류슈카는 공포에 떨었다. 그 남자가 찾아와 부엌에 버티고 앉아 보드카를 내놓으라고 떠들기 시작하면 다들 좁은 공간에 바싹 붙어 앉아 있어야 했다. 의사는 우는 아이들을 불쌍히 여겨 자기 방으로 데려와서는 바닥에 잠자리를 마련해주었다. 이 일은 그에게 커다란 만족감을 안겨주었다.

그는 전처럼 아침 여덟 시에 일어났고 차를 마신 후 오래된 책과 잡지를 읽었다. 새 책이나 잡지를 살 돈은 없었던 것이다. 오래된 책이어서 그런지, 환경이 바뀌어서 그런지 더 이상 독서가 그를 사로잡지 못했고 지치게 만들었다. 헛되이 시간을 보내지 않으려고 그는 자기 책의 상세 서지를 만들어 책등에 풀로 붙였는데 이 기계적이고 꼼꼼한 작업이 독서보다 더 흥미롭게 느껴졌다. 온 신경을 집중해야 하는 단조로운 서지 작업을 하다 보면 신기하게도 잡생각이 날아가 머릿속이 깨끗이 비었고 시간이 빨리 흘러갔다. 부엌에 앉아 다류슈카와 감자껍질을 벗기거나 메밀 속 티를 골라내는 일도 재미있었다. 토요일과 일요일에는 성당에 갔다. 벽 근처 구석자리에 서서 눈을 감고 성가대가 부르는 노래를 들으면서 아버지와 어머니에 대해, 대학에 대해, 종교에 대해 생각했다. 평화롭고 서글픈 마음이었다. 성당을 나서면서는 미사가 너무 빨리 끝난 게 아쉬웠다.

이반 드미트리치와 이야기를 나누기 위해 병원에 두 번 다녀왔다. 하지만 두 번 다 이반 드미트리치가 평소 같지 않은 흥분상태가 되어 악의적으로 굴었다. 쓸데없는 잡담에 싫증 난 지 벌써 오래니 자기를 가만히 내버려 두라고, 빌어먹을 속물들에게 자신의 모든 고통에 대한 보상으로 독방 감금을 요구하겠다고 했다. 그 정도는 충분히 들어줄 거라면서 말이다. 안드레이 예피미치가 작별 인사를 하면서 잘 자라고 했을 때도 이반 드미트리치는 두 번 다 "지옥에나 가버려!"라고 쏘아붙였다.

이런 상황이니 안드레이 예피미치는 다시 찾아가도 될지 말아야 할지 알 수 없었다. 가고 싶은 마음이기는 했다.

예전의 안드레이 예피미치는 점심을 먹은 후 방 안을 돌아다니며 생각에 잠겼지만 지금은 점심 후부터 저녁때까지 소파에 등을 돌리고 누워 사소한 생각만을 거듭했다. 도저히 떨쳐낼 수 없는 생각들이었다. 20년 넘게 근무했는데 연금도, 퇴직금도 받지 못했다는 데 마음이 상했다. 성실히 근무한 것은 아니라지만 연금은 성실성을 따지지 않고 누구나 받는 것 아닌가. 현대의 공정함이란 관등과 훈장과 연금이 도덕성이나 능력과 상관없이 어느 직급에나 주어지는 것 아닌가. 어째서 자기 혼자만 예외가 되는 것일까? 그는 돈이 하나도 없었다. 상점 앞을 지나갈 때도, 상점주인 여자를 볼 때도 부끄러웠다.

치러야 할 맥줏값만 벌써 32루블이었다. 집주인 벨로바한테도 돈을 주지 못했다. 다류슈카는 오래된 옷가지와 책을 몰래 내다 팔았고 집주인에게는 의사가 곧 목돈을 받게 될 거라고 거짓말을 했다.

그동안 모아두었던 1천 루블을 여행에 써버린 자신에게 화가 났다. 지금 그 1천 루블이 있다면 얼마나 요긴하겠는가! 사람들이 자기를 편하게 내버려 두지 않는 것도 짜증스러웠다. 호보토프는 환자가 된 과거의 동료를 가끔 방문하는 것이 자기의 의무라 여겼다. 안드레이 예피미치는 호보토프의 모든 것이 거슬렸다. 살진 얼굴도, 상대를 얕잡아보는 불쾌한 말투도, '동료'라고 부르는 것도, 길게 올라오는 장화도…… 제일 질색인 것은 안드레이 예피미치를 치료하는 게 자기 책임이라 여기고 또 실제로 치료하고 있다고 생각한다는 점이었다. 방문할 때마다 그는 브롬화칼륨이 든 약병과 약초 환약을 가져왔다.

미하일 아베랴니치 또한 친구를 찾아와 즐겁게 해주는 게 자기 의무라 여겼다. 그는 매번 과도하게 허물없는 모습으로 거짓 웃음을 터뜨리며 의사 안색이 아주 좋다느니 상황이 바로잡히고 있다느니 의미 없는 말을 하곤 했다. 아무 가망이 없다고 생각한다는 걸 분명히 드러내는 모습이었다. 바르샤바에서 빌려 간 돈은 아직도 갚지 않았고 그것이 무척 부끄럽고 신경 쓰이는 상황이라 더 큰 소리로 웃고 더 재미있는 이야기를 하려고 안간힘을 썼다. 그의 경험담은 끝없이 이어졌고 이는 안드레이 예피미치에게나, 미하일 아베랴니치 자신에게나 고통스러웠다.

미하일 아베랴니치가 와 있을 때면 안드레이 예피미치는 소파에 등을 돌리고 누워 이를 악물고 있었다. 마음속에는 앙금이 층층이 쌓였다. 친구가 찾아올 때마다 그 앙금의 층이 점점 더 높아져 목구멍까지 차오르는 걸 느꼈다.

사소한 감정을 없애기 위해 그는 그 자신, 호보토프, 미하일 아베랴니치가 모두 조만간 죽어서 자연에 흔적조차 남지 않게 될 것이라고 급히 생각을 돌리곤 했다. 1백만 년 후에 미지의 어떤 생명체가 지구 근처를 날아지나간다고 상상해보라. 눈에 들어오는 것이라고는 진흙과 메마른 산맥뿐이리라. 문화도, 도덕규범도 다 사라지고 우엉조차 자라지 않을 것이다. 그러니 상점 앞에서 느끼는 부끄러움도, 보잘것없는 호보토프도, 미하일 아베랴니치의 부담스러운 우정도 다 무슨 소용이란 말인가? 하나같이 헛되고 사소한 일일 뿐이다.

하지만 그런 이성적 판단도 어느새 힘을 잃었다. 1백만 년 후의 지구를 상상해보자 메마른 산맥 뒤에서 목 긴 장화를 신은 호보토프가, 혹은 큰소리로 웃음을 짜내는 미하일 아베랴니치가 등장하곤 했다. 심지어는 멋쩍은 속삭임까지 들렸다. "바르샤바에서 진 빚은 며칠 안에 갚겠습니다. 이번에는 틀림없습니다."

16

하루는 미하일 아베랴니치가 점심 후에 찾아왔다. 안드레이 예피미치는 소파에 누워 있었다. 우연히 브롬화칼륨을 든 호보토프도 마침 그때 들어섰다. 안드레이 예피미치는 힘들게 몸을 일으켜 두 팔로 소파를 짚으며 앉았다.

"친구여, 오늘은," 미하일 아베랴니치가 입을 열었다. "어제보다 안색이 훨씬 좋군요. 잘됐어요! 고맙게도 말입니다!"

"우리 동료께서 이제 좋아질 때도 됐지요." 호보토프가 하품을 하며 말했다. "이런 생활이 지겹기도 하실 테고요."

"좋아지고말고요!" 미하일 아베랴니치가 흥겹게 맞장구쳤다. "아직도 백년은 더 사실 겁니다! 거뜬하죠!"

"백년까지는 아니어도 20년은 충분합니다." 호보토프도 위로의 말을 했다. "아무 문제 없으니 우리 동료께서는 기운을 내시지요."

"우린 아직 한창때가 아닙니까!" 미하일 아베랴니치가 껄껄 웃으며 친구의 무릎을 툭 쳤다. "한창때라니까요! 여름이 오면 카프카스로 가서 말을 타고 타가닥 타가닥 다녀봅시다. 거기서 돌아오면 혹시 압니까, 결혼식을 보게 될지도요." 미하일 아베랴니치가 짓궂게 눈을 찡긋했다. "내 친구인 당신이 결혼하는 거죠!"

안드레이 예피미치는 갑자기 앙금이 목구멍까지 차올라 넘쳐버리는 걸 느꼈다. 심장이 마구 뛰었다.

"정말 지긋지긋하군!" 그가 벌떡 일어나 창가로 다가갔다. "당신들이 얼마나 되도 않는 소리를 지껄이는지 정말 모르는 겁니까?"

부드럽고 정중하게 말을 이어가려 했지만 마음과 달리 그는 갑자기 주먹을 불끈 쥐고 머리 위로 치켜올렸다.

"날 내버려 두시오!" 그는 얼굴이 상기되고 온몸을 부들부들 떨며 평소와 전혀 다른 목소리로 외쳤다. "나가! 둘 다 나가라고!"

미하일 아베랴니치와 호보토프는 자리에서 일어섰고 처음에는 영문 모를 시선을, 다음으로는 두려운 시선을 의사에게 던졌다.

"둘 다 나가라니까!" 안드레이 예피미치가 계속 외쳤다. "멍청한 놈들! 바보 같은 놈들! 나한테는 우정도, 약도, 미련한 놈도 필요 없어! 지긋지긋한 놈들 같으니라고!"

호보토프와 미하일 아베랴니치는 어찌할 바를 모르

고 서로를 쳐다보다가 방문 쪽으로 뒷걸음질 쳐서 현관으로 나갔다. 안드레이 예피미치가 브롬화칼륨 약병을 움켜쥐고는 냅다 던졌다. 약병이 문지방에 부딪쳐 산산조각 났다.

"지옥에나 가버려!" 그는 현관으로 달려 나가면서 울먹이는 소리로 외쳤다. "지옥에나 가버리라고!"

손님들이 떠난 후에도 안드레이 예피미치는 열병 환자처럼 몸을 떨며 소파에 누워 계속 중얼거렸다. "멍청한 놈들! 바보 같은 놈들!"

진정되고 난 후 제일 먼저 떠오른 생각은 지금쯤 가련한 미하일 아베랴니치가 몹시 무안하고 무거운 마음일 것이라는 것이었다. 정말이지 끔찍한 일이 벌어진 것이다. 이전에는 상상도 못 해본 일이었다. 지성과 절제는 어디로 갔는가? 이성적 판단과 철학적 평정심은 또 어디로 갔는가?

의사는 스스로에 대한 부끄러움과 후회로 밤새 잠을 이루지 못했고 아침 아홉 시에 우체국으로 달려가 우체국장에게 사과했다.

"지나간 일은 기억하지 맙시다." 감동한 미하일 아베랴니치가 그의 두 손을 꼭 잡고 한숨을 쉬며 말했다. "옛일은 마음에 두지 말라고 하지 않습니까. 어이, 류바브킨!" 그는 우체국 직원과 손님들 모두가 화들짝 놀랄 만큼 큰 소리로 직원을 불렀다. "여기 의자를 가져와. 그리고 그쪽은 좀 기다리시오!" 그는 창구 안쪽으로 우편물을 들이미는 아낙네에게 소리쳤다. "지금 바쁜 거 안 보이쇼? 지나간 건 기억하지 맙시다." 그가 안드레이 예피미치를 보며 부드럽게 말했다. "친구여, 어서 여기 앉으시오, 어서!"

그는 잠시 자기 무릎을 만지작거리다가 입을 열었다.

"당신한테 섭섭한 건 전혀 없습니다. 병은 어쩔 수 없는 거니까요. 어제의 발작으로 저와 호보토프 선생은 정말이지 많이 놀랐고 한참 동안 이야기를 나눴습니다. 친구여, 어째서 자기 병을 제대로 치료하려 하지 않는 겁니까? 그래서야 되겠습니까? 제 우정 어린 조언을 용서하십시오." 미하일 아베랴니치가 속삭였다. "지금 사는 곳은 환경이 좋지 않아요. 좁고 불결하고 간병인도 없고 변변한 치료도 받을 수 없죠. 진심으로 간청하니 나와 호보토프 선생의 의견을 받아들여 병원에 입원해주세요! 거기서는 제대로 된 식사며 간병인이며 치료가 가능하니까요. 호보토프 선생이, 우리끼리 얘기지만, 좀 무례하긴 해도 실력은 좋으니 믿을 만하지 않습니까. 그가 당신을 맡아주겠다고 제게 약속을 했습니다."

안드레이 예피미치는 그의 진심 어린 걱정과 갑자기 우체국장 뺨 위로 흘러내린 눈물에 감동했다.

"친구여, 속지 마십시오!" 그가 가슴에 손을 얹고 속삭였다. "그들한테 속지 마십시오! 다 거짓말입니다! 제

병이라고는 20년 만에 이 도시에서 유일하게 지적인 사람을 만났는데 그가 정신병자라는 것뿐입니다. 전 아무병도 없고 다만 벗어날 수 없는 궁지에 몰린 겁니다. 뭐, 그래도 괜찮습니다. 전 각오가 되었습니다."

"친구여, 병원에 입원하세요."

"설사 구덩이 속에 들어가라 해도 전 괜찮습니다."

"자, 호보토프 선생이 하라는 대로 따르겠다고 약속해주세요."

"약속합니다. 다시 말하지만 전 궁지에 빠졌습니다. 이제는 모든 것이, 심지어는 친구들의 진심 어린 배려마저도 파멸이라는 단 하나의 결말로 이어지는군요. 저는 파멸의 길을 가지만 그걸 깨달을 수 있는 용기가 있습니다."

"친구여, 분명 건강해질 겁니다."

"왜 그런 소리를 하시죠?" 안드레이 예피미치가 짜증스러워하며 말했다. "삶의 마지막에 지금 저 같은 경험을 하지 않는 사람은 드물 겁니다. 당신한테 악성 신장염이나 심장 비대증이 있다고 하면 치료를 받겠죠. 반면 정신병자나 범죄자라고 한다면, 다시 말해 사람들이 갑자기 당신을 주목한다면 그건 벗어날 수 없는 궁지에 몰렸다는 뜻입니다. 벗어나려고 애쓰면 애쓸수록 더 깊이 빠져버리죠. 인간의 그 어떤 노력으로도 벗어날 수 없으니 포기할 수밖에요. 제 생각은 그렇습니다."

우체국 창구 앞은 사람들로 붐볐다. 그들에게 더 이상 방해가 되지 않도록 안드레이 예피미치는 일어나서 작별 인사를 했다. 미하일 아베랴니치는 다시 한번 다짐을 받고 그를 바깥 출입문까지 배웅했다.

그날 저녁이 되기 전에 호보토프가 찾아왔다. 반코트에 목 긴 장화를 신은 그는 어제 아무 일도 없었다는 듯 말했다.

"우리 동료께 업무 협조를 구하러 왔습니다. 함께 가서 협진 회의를 해주시죠?"

호보토프가 산책을 하면서 기분을 달래주려고 하는 거라고, 아니면 정말로 진료 일을 맡기는 거라고 생각한 안드레이 예피미치는 옷을 입고 나섰다. 어제의 잘못을 사과하고 화해할 기회가 생겨 기뻤다. 어제 일에 대해 한마디도 하지 않고 자기를 용서한 듯 보이는 호보토프에게 고마운 생각까지 들었다. 무례한 사람이 이런 배려를 보이기는 쉽지 않은 일이니 말이다.

"환자는 어디 있습니까?" 안드레이 예피미치가 물었다.

병원에 있다고, 오래전부터 보여주려 했다고, 흥미로운 경우라는 대답이 돌아왔다.

병원 안으로 들어선 두 사람은 본관을 지나 정신병자들이 있는 별채로 향했다. 한 마디 대화도 없이 침묵한 채 말이다. 별채로 들어서자 늘 그렇듯 니키타가 벌떡 일어나 차렷 자세를 취했다.

"여기 환자 중 한 명에게서 폐 합병증이 나타났습니다." 병실 안으로 들어가면서 호보토프가 나지막하게 말했다. "좀 기다려주십시오. 청진기를 가지고 오겠습니다."

그러고는 나가버렸다.

17

벌써 어둑어둑했다. 이반 드미트리치는 베개에 얼굴을 묻고 자기 침대에 누워 있었다. 마비 환자는 꼼짝도 하지 않고 앉아 조용히 눈물을 흘리며 입술을 달싹거렸다. 뚱뚱한 농부와 전직 우체국 분류 담당은 자고 있었다. 사방이 고요했다.

안드레이 예피미치는 이반 드미트리치 침대에 걸터앉아 기다렸다. 30분쯤 지나자 호보토프 대신 니키타가 병실에 들어왔다. 환자복, 침구, 슬리퍼 등을 한 아름 안고 있었다.

"갈아입으시지요." 그가 조용히 말했다. "이쪽으로 오십시오. 이 침대입니다." 그는 최근에 가져다 놓은 게 분명한 빈 침대를 가리켰다. "별일 아닙니다. 곧 회복되실 겁니다."

안드레이 예피미치는 모든 것을 이해했다. 그는 한

마디도 하지 않고 니키타가 가리킨 침대로 가서 앉았다. 니키타가 계속 서서 기다리는 것을 보고는 옷을 다 벗었다. 수치스러웠다. 그리고 환자복을 입었다. 아랫도리는 아주 짧았고 러닝셔츠는 길었다. 겉에 입는 환자복에서는 훈제 생선 냄새가 났다.

"곧 회복되실 겁니다." 니키타가 다시 말했다.

그는 안드레이 예피미치의 옷을 안고 밖으로 나가 등 뒤로 문을 잠갔다.

'아무 상관 없어,' 부끄러운 마음에 환자복 앞깃을 여미며 안드레이 예피미치가 생각했다. 새로운 옷을 입은 자신이 죄수처럼 느껴졌다. '아무 상관 없어, 연미복이고 군복이고 환자복이고 아무 상관 없다고……'

하지만 내 시계는? 옆 주머니에 넣은 수첩은? 담배는 어떡하지? 니키타가 옷을 어디로 가져갔을까? 이제 어쩌면 죽는 날까지 바지나 조끼, 장화가 필요 없을지도 모르겠군. 잠시 동안은 이 모든 것이 이상했고 이해가 가지 않았다. 벨로바의 집과 6호 병동 사이에는 아무 차이가 없다는, 세상만사가 덧없고 헛되다는 안드레이 예피미치의 확신은 지금도 그대로였지만 왠지 손이 떨리고 다리가 차가워졌다. 이반 드미트리치가 곧 깨어나 환자복 차림의 자신을 보게 될 거라 생각하자 두려웠다. 그는 일어나서 서성거리다가 다시 앉았다.

그렇게 30분, 한 시간이 지나자 답답하고 우울해졌

다. 과연 이 사람들처럼 며칠, 몇 주, 심지어 몇 년을 이곳에서 살 수 있을까? 그는 일어나서 서성거리다가 다시 앉았다. 창문으로 가서 바깥을 내다보고 다시 방을 빙빙 돌아다닐 수 있겠군. 그다음에는? 계속 이렇게 조각상처럼 앉아서 생각해야 하는 건가? 아니, 그건 불가능할 것 같은데.

안드레이 예피미치는 누웠다가 바로 일어나 소맷자락으로 이마의 식은땀을 닦았다. 얼굴 전체에서 훈제 생선 냄새가 풍기는 듯했다. 그는 다시 방 안을 서성거렸다.

"뭔가 오해가 있는 거야……." 그는 갈피를 못 잡겠다는 듯 두 팔을 벌리고 중얼거렸다. "오해가 있다면 바로잡아야지……."

그 순간 이반 드미트리치가 깨어났다. 그는 일어나 앉아 두 주먹으로 얼굴을 받쳤다. 침을 뱉었다. 이어 나른한 시선으로 의사를 쳐다보았다. 처음에는 아무것도 깨닫지 못한 듯했지만 곧 덜 깬 얼굴에 사악하게 비웃는 표정이 떠올랐다.

"아, 친구께서 여기 갇혔군!" 그가 눈을 찡긋하며 덜 깬 목소리로 말했다. "아주 기쁘오. 지금까지 사람들의 피를 빨아먹었으니 이제 피를 빨아 먹힐 차례지. 썩 잘된 일이군!"

"무언가 오해가 있는 거요……." 이반 드미트리치의

말에 놀란 안드레이 예피미치가 대답했다. 그는 어깨를 으쓱하며 같은 말을 계속했다. "무언가 오해가 있는 거라 니까요……."

이반 드미트리치가 다시 침을 뱉더니 누웠다.

"이 저주받은 인생!" 그가 중얼거렸다. "화나고 서글 픈 건 결국 고통에 대한 보상도, 오페라 무대의 갈채도 없이 이 삶이 그저 죽음으로 끝난다는 거지. 잡역부들이 와서 시체의 손발을 잡고 질질 끌고 가 구덩이에 던질 거야. 제기랄! 그래도 뭐, 괜찮아. 저세상에서는 우리가 활개 치면 되니까. 난 유령으로 다시 나타나 악당들을 놀 라게 할 거야. 벌벌 떨면서 머리카락이 하얗게 세도록 만 들어줘야지."

모이세이카가 돌아와서는 의사를 보더니 손을 내밀 었다.

"한푼 줍쇼!"

18

안드레이 예피미치가 창가로 가서 벌판을 바라보았 다. 벌써 어두웠고 지평선 오른쪽에서는 차갑고 붉은 달 이 떠올랐다. 병원 담장에서 200미터가량 떨어진 곳에 흰 건물이 높이 솟아 있었다. 돌벽으로 둘러싸인 그곳은 감옥이었다.

'이게 바로 현실이구나!' 안드레이 예피미치는 이렇게 생각하자 무서워졌다.

달도, 감옥도, 담장에 거꾸로 박힌 못들도, 멀리 보이는 골탄 공장의 불길도 다 무서웠다. 뒤쪽에서 숨소리가 들렸다. 돌아보니 가슴팍에 빛나는 훈장과 별 장식을 단 남자가 미소 지으며 눈을 찡긋했다. 그도 무섭게 느껴졌다.

안드레이 예피미치는 달이든, 감옥이든 별다를 게 없다고, 정신적으로 건강한 사람도 훈장을 달고 다니는 법이라고, 시간이 흐르면 모든 것이 썩어서 흙으로 돌아간다고 스스로를 달래려 하다가 갑자기 절망에 사로잡혔다. 그는 창문의 창살을 두 손으로 움켜쥐고 온 힘을 다해 흔들었다. 튼튼한 창살은 꿈쩍도 하지 않았다.

마음을 가라앉히려고 그는 이반 드미트리치의 침대로 가서 앉았다.

"친구여, 우울하군요." 그가 몸을 떨고 식은땀을 닦아내며 말했다. "우울해요."

"그럼 철학을 하면 되겠군." 이반 드미트리치가 비웃었다.

"맙소사, 오 맙소사. 그래요, 당신이 그런 말을 했었죠. 러시아에는 철학이 없지만 모두가, 심지어 경박한 이들도 철학을 한다고. 그렇지만 경박한 이들이 철학을 한다고 해가 되지는 않죠." 금방이라도 울음을 터뜨릴 듯

한 가련한 목소리로 안드레이 예피미치가 말했다. "친구여, 대체 왜 그렇게 사악하게 웃는 겁니까? 경박한 이라도 만족하지 못한다면 철학을 할 수 있는 것 아닙니까? 지적이고 교육도 받았고 자부심 넘치고 자유를 사랑하는 사람이, 신을 닮은 사람이 더럽고 무지한 곳에서 의사 노릇 하면서 약병, 거머리, 겨자씨 연고에서 평생 벗어나지 못한다고 생각해보십시오! 기만, 협소함, 그 속물성이라니! 오, 하느님!"

"되도 않은 소리를 지껄이는군. 의사가 싫었으면 다른 일, 장관이라도 하지 그랬소."

"다른 일은 할 수가 없었어요. 인간은 나약하단 말입니다. 전 침착한 사람이었는데, 이성적으로 건전한 판단을 하는 사람이었는데, 삶이 거칠게 건드리는 것만으로도 영혼이 나락에 떨어지고 완전히 기가 꺾이고 말았습니다. 우리는 얼마나 나약하고 시시한 존재인지⋯⋯. 친구여, 당신도 마찬가지입니다. 어머니 젖과 함께 고결함을 빨아들였던 지적이고 고상한 당신이 삶 속으로 나오자마자 쇠약해져 병에 걸린 거죠⋯⋯. 아, 우리는 얼마나 연약한지!"

저녁이 되면서 공포와 모욕감 외에 또 다른 무언가가 안드레이 예피미치를 계속 괴롭혔다. 마침내 그 정체를 알아냈다. 맥주를 마시고 담배를 피우고 싶다는 욕구였다.

"나는 여기서 나가겠습니다. 등불을 가져오라고 하겠소. 이렇게는…… 이 상태로는 견딜 수가 없어요." 안드레이 예피미치가 말했다.

그는 문 앞으로 가서 문을 열었지만 바로 그 순간 니키타가 벌떡 일어나 앞을 가로막았다.

"어디 가시려고요? 안 됩니다. 잘 시간입니다!"

"잠깐만 마당을 산책하고 싶어서 그럽니다." 당황한 안드레이 예피미치가 대답했다.

"안 됩니다. 금지된 일입니다. 아시지 않습니까?"

니키타가 문을 쾅 닫더니 문에 등을 기대고 섰다.

"제가 나갔다 온다고 해서 신경 쓸 사람은 아무도 없을 것 같은데?" 안드레이 예피미치가 어깨를 들썩했다. "이해할 수 없군요, 니키타! 난 나가야겠어요!" 떨리는 목소리였다. "나가야겠다고!"

"소란 피우지 마십시오. 좋을 게 없을 테니!" 니키타는 완강했다.

"에잇, 말도 안 되는 소리!" 갑자기 이반 드미트리치가 일어서며 소리쳤다. "저자가 무슨 권리로 우리를 막는 거지? 대체 왜 우리를 여기에 붙잡아 두는 거야? 법정의 판결 없이는 누구도 자유를 빼앗기지 않는다고 법에 분명히 나와 있어! 이건 폭력이야! 학대야!"

"학대고 말고!" 이반 드미트리치의 고함소리에 힘을 얻은 안드레이 예피미치가 말했다. "난 나가야겠어! 나를 막을 권리는 없어. 어서 내보내 줘!"

"멍청한 짐승아, 안 들리는 거냐?" 이반 드미트리치가 주먹으로 문을 두드리며 외쳤다. "어서 문 열어! 안 그러면 부숴버리겠어! 막돼먹은 놈아!"

"문 열어!" 안드레이 예피미치가 온몸을 떨며 외쳤다. "어서 열라니까!"

"더 떠들어보시지!" 문 뒤편에서 니키타가 대답했다. "실컷 떠들라고!"

"그러면 호보토프 의사를 불러오기라도 해주게! 잠깐이면 된다고. 내가 부탁하더라고 말하게!"

"내일이면 어련히 올 거요."

"끝내 우리를 안 내보내 줄 작정이군!" 그 와중에도 이반 드미트리치는 계속해서 외쳤다. "여기서 우리를 썩혀버리려는 거지! 오, 맙소사. 지옥이라는 게 있긴 한 거야? 저 악당들도 용서받게 된다고? 정의는 어디 있지? 어서 문을 열어! 숨이 막힌다고!" 이반 드미트리치가 문에 온몸을 부딪쳐대며 쉬어버린 목소리로 외쳤다. "내가 내 머리를 깨버리겠어. 살인마들!"

니키타가 서둘러 문을 열었고 두 손과 무릎으로 안드레이 예피미치를 거칠게 밀어붙이더니 주먹을 휘둘러 얼굴을 때렸다. 안드레이 예피미치는 짠맛 나는 거대한 파도가 머리를 덮치더니 침대 쪽으로 밀어붙이는 듯한 느낌을 받았다. 입안에서는 정말로 짠 맛이 났다. 입안에서 피가 난 것이 분명했다. 그는 수영해서 빠져나가려는 듯 두 팔을 휘둘렀고 누군가의 침대를 붙잡았다. 그 순간 니키타가 등을 두 차례 더 때렸다.

이반 드미트리치가 큰 소리로 비명을 질렀다. 그도 세게 얻어맞은 게 분명했다.

이후 모든 것이 고요해졌다. 희미한 달빛이 창살 사이로 들어와 바닥에 그물 모양 그림자를 그렸다. 기괴했다. 안드레이 예피미치는 숨죽이고 누워 있었다. 한 대라도 더 맞을까 봐 두려웠다. 누군가 낫을 가져와 찔러대고 가슴과 창자를 쥐어짜는 것 같았다. 고통 때문에 그는 베개를 꽉 물었다. 혼란스러운 머릿속으로 견딜 수 없을 만큼 무서운 생각이 갑자기 떠올랐다. 여기 이 사람들, 달빛 아래 검은 유령처럼 보이는 이들은 바로 이런 고통을 몇 년 동안 날마다 당해왔으리라는 생각이었다. 20년 넘는 세월 동안 어떻게 이걸 몰랐을까? 어떻게 알려 하지조차 않았을까? 그는 고통을 몰랐고 그 개념조차 이해하지 못했으니 죄가 있다고는 할 수 없었다. 하지만 양심이, 마치 니키타처럼 완고하고 거친 양심이 그를 머리부터 발끝까지 서늘하게 만들었다. 그는 벌떡 일어났다. 온 힘을 다해 소리치고 싶었다. 재빨리 달려가 니키타를, 호보토프를, 관리 담당과 보조의사를 다 죽여버리고 자살하고 싶었다. 하지만 가슴에서는 작은 소리 하나 나오지 않았고 다리도 말을 듣지 않았다. 그는 숨을 헐떡이며 환자복과 속옷 가슴께를 쥐어뜯다가 의식을 잃고 침대 위에 쓰러졌다.

19

다음 날 아침 안드레이 예피미치는 머리가 아프고 귀가 먹먹했으며 온몸에 힘이 하나도 없었다. 어제의 나약했던 모습을 떠올려도 부끄럽지 않았다. 어제 그는 우울했고 달빛조차 무서웠으며 그전까지 알지 못했던 감정과 생각을 솔직하게 드러냈다. 예를 들어 불만족 때문에 철학을 하는 경박한 이에 대한 생각 말이다. 하지만 지금은 모든 것이 아무래도 좋았다.

그는 먹지도 마시지도 않고 말없이 꼼짝 않고 누워만 있었다.

'다 소용없어.' 누군가 말을 걸면 그는 생각했다. '대답하지 않겠어…… 다 필요 없다고.'

점심시간이 지난 후 미하일 아베랴니치가 찻잎과 마멀레이드를 조금 가지고 찾아왔다. 다류슈카도 와서 둔한 얼굴에 슬픈 표정을 짓고 침대 옆에 한 시간이나 서 있다가 갔다. 호보토프도 브롬화칼륨 병을 들고 왔다가 니키타에게 병실 안에 무언가를 태우라고 지시했다.

저녁 무렵 안드레이 예피미치는 뇌출혈로 죽었다. 처음에는 심한 오한과 구역질이 났다. 뭔가 불쾌한 것

이 온몸 구석구석, 손가락까지에도 파고들어 오는 것 같
더니 그것이 위장에서 머리까지 뻗쳐가 눈과 귀로 넘쳐
흐르는 느낌이 들었다. 눈앞은 녹색으로 변했다. 안드레
이 예피미치는 마지막이 왔음을 알았다. 이반 드미트리
치, 미하일 아베랴니치, 그밖에 수백만 명이 불멸을 믿
는다는 걸 떠올렸다. 불멸이 있을까 갑자기 의문이 생겼
다. 하지만 불멸을 믿고 싶지 않았기에 순간적인 생각에
그쳤다. 유난히 예쁘고 우아한 사슴 떼가 그의 곁을 뛰
어 지나갔다. 어제 읽은 책에 나온 사슴 떼였다. 아낙네
가 손에 쥔 우편물을 내밀었다……. 미하일 아베랴니치
가 무언가 말을 했다. 그러더니 모든 것이 사라졌고 안드
레이 예피미치의 의식도 영원히 끊겼다.

잡역부들이 와서 그의 팔과 다리를 잡고 교회당으
로 옮겼다. 눈을 뜬 채 누워 있는 그의 몸 위로 달빛이 비
쳤다. 아침에 보조의사 세르게이 세르게이치가 와서 십
자가 앞에서 경건하게 기도를 올리고 예전 상사의 두 눈
을 감겨주었다.

다음 날 안드레이 예피미치는 땅에 묻혔다. 그 자리
에는 미하일 아베랴니치와 다류슈카만 참석했다.

—1892

베짱이*

1

올가 이바노브나의 결혼식에는 친구와 다정한 지인들 모두가 참석했다.

"저이 좀 봐요. 무언가 확실히 다른 분 같지요?" 올가 이바노브나가 신랑 쪽으로 고갯짓을 하며 말했다. 자신이 어째서 어디서나 볼 법한 지극히 평범하고 특별할 것 없는 사람과 결혼하는지 설명하고 싶은 듯했다.

신랑 오시프 스테파니치 디모프는 의사이자 9등 문

---

* 베짱이라고 하면 놀기만 좋아하는 나태한 사람을 떠올리게 되지만 이 작품에서는 진중하지 못하고 변덕스럽다는 의미로 사용되었다.

관이었다. 병원 두 곳에서 일했는데 한 곳에서는 비상근 주임의사였고 다른 곳에서는 해부 담당 의사였다. 매일 오전 아홉 시부터 정오까지 환자를 진료하거나 자기 연구실에 있었고 오후에는 말을 타고 다른 병원에 가서 죽은 환자를 해부했다. 수입은 연 500루블 정도로 형편없었다. 이 남자에 대해 할 수 있는 얘기는 이게 전부였다. 하지만 올가 이바노브나와 친구들, 지인들은 평범한 사람들이 아니었다. 다들 무언가 출중한 재능들이 있었다. 이미 상당히 알려진 유명 인사도 있었고 아직 그 정도는 아니라 해도 충분히 앞날이 기대되는 이들도 있었다. 벌써 오래전에 역량을 인정받은 드라마 극장 배우는 세련되고 지적이며 수줍은 사람이었는데, 낭송 실력이 뛰어나 올가 이바노브나에게 낭송법을 가르쳐주었다. 사람 좋고 뚱뚱한 오페라 가수는 올가 이바노브나가 재능을 썩히고 있다며, 게으름을 피우지 않고 노력한다면 엄청난 가수가 될 것이라며 안타까워했다. 화가들도 여럿 있었는데 그중 단연 눈에 띄는 인물은 풍속화, 동물화, 풍경화를 그리는 랴보프스키였다. 금발에 아주 미남인 스물다섯 살 청년으로 전시회에서 성공을 거두어 최근 500루블에 작품을 팔기도 한 그는 올가 이바노브나의 습작을 지도하면서 잠재력이 있다고 하였다. 악기가 흐느끼도록 연주하는 훌륭한 바이올리니스트도 있었는데 그는 솔직히 자기가 아는 여성 중 유일하게 올가 이바노브나만이

반주를 제대로 할 줄 안다고 털어놓곤 했다. 아직 젊지만 중편과 단편소설, 희곡 등을 발표해 벌써 유명해진 작가도 있었다. 또 누가 있을까? 아, 귀족이자 지주로 고대 러시아 서사시에 조예가 깊은 바실리 바실리치도 있다. 그는 삽화와 장식을 그리는 데 취미가 있었는데 재주가 뛰어나 문서든, 도자기든, 낡은 접시든 손만 대면 기가 막힌 작품으로 변신시키곤 했다. 예술적이고 자유로우며 편안한 운명을 타고난, 그러면서도 섬세하고 겸손한 성품을 지닌 이 사람들에게 의사란 병이 났을 때만 생각나는 존재였다. 디모프라는 이름은 시도로프나 타라소프처럼 낯설기 그지없었다. 키가 크고 어깨가 넓은 디모프였지만 그 무리 속에 있으면 어쩐지 체구도 작고 별 쓸모없는 사람처럼 보였다. 연미복 차림도 어색했고 구레나룻은 집사한테나 어울릴 것 같았다. 물론 작가나 화가였다면 에밀 졸라를 연상시키는 구레나룻이라는 평가를 받았을 테지만 말이다.

　배우인 한 친구는 올가 이바노브나에게 아맛빛 머리카락을 늘어뜨리고 결혼 예복을 입은 모습이 흰 꽃으로 뒤덮인 봄날의 멋진 벚나무 같다고 말해주었다.

　"설명할 테니 들어보세요." 올가 이바노브나가 배우의 손을 잡으며 말했다. "갑자기 결정해서 결혼하는 사람이 어디 있겠어요? 자, 들어보세요. 저희 아버지가 디모프랑 같은 병원에서 근무하셨답니다. 아버지가 병이 나

○　　　　　　　　　146

자 디모프는 밤낮으로 곁을 지켜주었죠. 얼마나 헌신적이었는지 몰라요. 랴보프스키, 그리고 거기 작가분도 들어보시라니까요. 흥미진진한 이야기예요. 이리 가까이 와보세요. 디모프는 정말 진심을 다해 헌신적으로 아버지를 보살폈답니다. 저도 밤잠 못 자고 아버지를 간호했는데 어느 순간 저이의 착한 모습에 감동하고 말았어요. 저이도 저한테 빠졌고요. 운명은 정말 알 수가 없다니까요. 아버지가 돌아가신 후 저이가 가끔 절 찾아왔고 길에서 마주치기도 하다가 어느 아름다운 저녁에 갑자기 청혼하지 뭐예요! 얼마나 갑작스러웠는지! 전 밤새도록 눈물을 흘리면서 제 열렬한 사랑을 확인했어요. 그래서 결국 이렇게 부부가 된 거죠. 저이한테는 무언가 강하고 우직한 힘이 있지 않나요? 지금은 저이 얼굴이 이쪽에서 제대로 보이지 않는군요. 빛이 밝지 않아 좀 흐릿하지만 우리 쪽으로 완전히 돌아섰을 때 저이 이마를 봐주세요. 랴보프스키, 저 이마에 대해 어떻게 생각해요? 디모프! 지금 당신 얘기를 하는 중이에요!" 올가 이바노브나가 남편을 불렀다. "이리로 와봐요. 랴보프스키와 인사하세요. 자, 친구가 되시라고요."

디모프는 선량하고 순진한 미소를 지으며 랴보프스키에게 손을 내밀었다. "반갑습니다. 제 동기 중에도 랴보프스키라는 친구가 있었지요. 혹시 친척이 아닐까요?"

2

올가 이바노브나는 스물둘, 디모프는 서른한 살이었다. 결혼식 후 부부는 멋진 생활을 시작했다. 액자에 끼워져 있거나 그렇지 않은 올가 이바노브나와 다른 사람들의 습작 그림이 거실 벽 사방에 걸려 있었다. 피아노와 가구 주변은 중국 우산, 이젤, 색색의 천, 단검, 흉상, 사진 등으로 아름답게 장식했다. 식당에는 전통 장식 그림을 붙이고 나무껍질 신발과 작은 낫 장식을 걸었으며 구석에는 큰 낫과 써레를 세워 러시아 분위기가 물씬 풍기게 했다. 침실은 동굴처럼 보이게끔 짙은 색 나사 천을 천장과 벽에 달아 늘어뜨리고 침대 위에 베네치아풍 등을 걸었으며 문가에는 도끼창을 든 인물상을 세워두었다. 모두 젊은 부부의 보금자리가 참으로 훌륭하다고 칭찬을 아끼지 않았다.

올가 이바노브나는 매일 열한 시쯤 일어나 피아노를 쳤고 해가 날 때는 유화로 그림을 그렸다. 열두 시가 넘으면 단골 재단사에게 갔다. 부부에게는 돈이 많지 않았으므로 새 옷으로 맵시를 내기 위해서는 재단사와 함께 여러 궁리를 해야 했다. 헌 옷을 새로 염색하고 못쓰게 된 망사나 레이스, 비로드와 실크 천 조각을 활용함으로써 입이 떡 벌어지게 하는 환상적인 의상이 탄생하곤 했다. 재단사를 만난 후 올가 이바노브나는 친분 있는 여배우들을 만나러 갔다. 공연 소식도 듣고 그 김에 새 작품 시사회표도 얻기 위해서였다. 그다음에는 화가의 작업실이나 전시회에 가야 했고 또 그다음에는 누군가 유명인을 찾아가 집에 초대하거나 잡담을 나누거나 했다. 올가 이바노브나는 어디를 가든 유쾌한 환대를 받았고 보기 드물게 멋지고 훌륭하다는 말을 들었다. 뛰어나고 유명하다고 판단되는 이들이 올가 이바노브나를 그들 무리의 일원으로 받아들이면서 재능과 취향, 지성을 갖췄으니 무언가 하나에 전념한다면 큰 성과를 내리라고 이구동성으로 말하곤 했다. 올가 이바노브나는 노래를 부르고 피아노를 연주하고 그림을 그리고 점토작품을 만들고 아마추어 연극에 참여했는데 이 모두에서 재능을 드러냈다. 조명 등을 만들든, 옷을 차려입든, 누군가의 넥타이를 매주든, 올가 이바노브나의 손길이 닿으면 비범하고 예술적이고 우아한 작품이 되었다. 하지만 그 무엇보다 뛰어난 재능을 보인 분야는 유명 인사들과 금방 사귀어 가까운 사이가 되는 것이었다. 누구든 조금이라도 유명해져서 사람들 입에 오르내리기 시작하면 올가 이바노브나는 당장 가까운 친구가 되어 자기 집에 초대하곤 했다. 새롭게 친분을 쌓은 건 기쁘고 축하해야 마땅한 일이었다. 올가 이바노브나는 유명 인사를 숭배하고 자랑스러워했으며 그들을 매일 밤 꿈에서 보기까지 했다. 유명 인사에 대한 갈증은 끝나는 법이 없었다.

옛 유명 인사가 떠나고 잊히면 다음 유명 인사들이 왔지만 올가 이바노브나는 새로운 이들에게 금방 익숙해져 싫증을 느꼈고 또다시 새로운 유명 인사를 찾는 데 열중했다. 대체 무엇 때문일까?

네 시가 넘으면 집에서 남편과 저녁을 먹었다. 남편의 소박함, 건전한 사고방식, 선량한 성품은 올가 이바노브나의 공감과 감탄을 샀다. 아내는 계속 자리에서 일어나 남편의 머리를 껴안고 마구 입을 맞춰대곤 했다.

"당신은 정말 똑똑하고 선한 사람이에요." 아내가 말했다. "하지만 한 가지 중대한 결점도 있죠. 예술에 전혀 관심이 없는 것 말예요. 음악도, 미술도 싫어하잖아요."

"이해를 못 해서 그래." 디모프가 겸손하게 대답했다. "평생 자연과학과 의학 공부만 해서 예술에는 관심 둘 여유가 없었어."

"그건 끔찍한 일이에요."

"어째서? 당신 친구들은 자연과학이나 의학을 모르지만 비난받지 않잖소? 누구든 자기 관심사가 있는 거요. 난 풍경화나 오페라를 이해하지 못하지만 그래도 이렇게 생각해. 똑똑한 이들이 거기에 자기 일생을 바치기도 하고 또 다른 똑똑한 이들이 거기에 큰돈을 기꺼이 지불하는 걸 보면 분명 필요한 일인 거라고 말이야. 난 이해하지 못하지만 이해하지 못하다고 해서 싫어하는 건 아니라오."

"알았어요. 솔직한 당신과 악수하겠어요!"

식사가 끝난 후 올가 이바노브나는 지인 집에 갔다가 극장이나 음악회장으로 향했다. 집에는 자정이 넘어서야 돌아왔다. 매일매일이 그렇게 흘러갔다.

매주 수요일에는 집에서 파티를 열었다. 카드놀이를 하거나 춤을 추는 파티가 아니라 안주인과 손님들 모두 다양한 예술 활동을 하는 모임이었다. 드라마 극장의 배우는 낭송을, 가수는 노래를, 바이올리니스트는 연주를 했고 화가들은 안주인이 잔뜩 준비해놓은 화첩에 그림을 그렸다. 안주인 자신도 그림을 그리고 점토작품을 만들고 노래를 부르고 피아노 반주를 했다. 낭송과 연주, 노래를 쉬는 동안에는 문학, 연극, 그림에 대한 논쟁이 벌어졌다. 손님은 모두 남자였다. 올가 이바노브나는 자신과 재단사를 제외한 여자들은 하나같이 지루한 속물이라 여겼기 때문이다. 파티가 열릴 때마다 빠짐없이 등장하는 장면은 초인종이 울리는 순간, 안주인이 승리의 미소를 지으며 긴장된 자세로 "그분이야!"라고 말하는 것이었다. '그분'이란 처음으로 초대받은 유명 인사를 뜻했다. 남편 디모프는 거실에 없었지만 아무도 그걸 눈치채지 못했다. 정확히 열한 시 반이 되면 식당으로 이어지는 문이 열렸고 선량하고 겸손한 미소를 띤 디모프가 두 손을 비비면서 "여러분, 좀 드시지요"라고 말하곤 했다.

우르르 식당으로 몰려가면 늘 똑같은 상이 차려져 있었다. 굴 요리, 햄이나 송아지 고기, 정어리, 치즈, 캐비어, 버섯, 보드카, 그리고 포도주가 담긴 커다란 유리병 두 개가 놓였다.

"아, 우리 지배인님은 친절하기도 하시지!" 감격한 올가 이바노브나가 손뼉을 치며 말하곤 했다. "당신은 정말 대단해요! 여러분, 저이 이마를 좀 보세요. 디모프, 조금 더 옆으로 돌아서 봐요. 여러분, 보세요. 얼굴은 벵갈호랑이인데 표정은 사슴처럼 순하고 착하지 않나요? 정말 고마워요, 여보!"

손님들은 음식을 먹으면서 디모프를 바라보며 생각했다. '정말 훌륭한 청년이야!' 하지만 곧 디모프에 대해서는 까맣게 잊고 연극, 음악, 그림 이야기로 돌아갔다.

젊은 부부는 행복했고 삶은 걱정 없이 흘러갔다. 하지만 신혼의 세 번째 주는 그리 행복하지 못했고 슬프기까지 했다. 디모프가 병원에서 단독丹毒에 감염되는 바람에 엿새 동안 누워 있었으며 탐스러운 검은 머리카락을 싹 밀어버려야 했기 때문이다. 올가 이바노브나는 남편을 간호하며 서럽게 울었지만 병세가 조금 나아지자 빡빡 민 머리에 흰 머릿수건을 씌우고는 남편을 모델로 베두인 사람 초상을 그리기 시작했다. 두 사람 모두 즐거워했다. 디모프가 건강을 회복해 다시 병원에 나가기 시작한 지 사흘이 지났을 때 또 문제가 발생했다.

"여보, 난 운이 없나 봐." 디모프가 저녁을 먹으면서 말했다. "오늘 해부가 네 건 있었는데 중간에 손가락을 두 개나 베었지 뭐야. 집에 온 다음에야 알았어."

올가 이바노브나는 깜짝 놀랐다. 남편은 웃으면서 아무 일도 아니라고, 해부하다가 손 베는 일은 자주 있는 일이라고 말했다. "아마 마누라에 정신이 팔려서 주의가 산만해진 모양이야."

올가 이바노브나는 남편이 감염되었을까 봐 걱정하며 밤마다 기도를 올렸지만 다행히 별일 없이 지나갔다. 다시금 걱정 근심 없는 행복한 나날이 흘러갔다. 지금도 아름다운 계절이지만 봄이 다가오고 있었다. 멀리서부터 웃음 지으며, 천 개는 될 법한 즐거움을 약속하는 봄 말이다. 행복은 끝없이 이어질 것 같았다! 4월, 5월, 6월에는 도시에서 멀리 떨어진 별장에 머물며 산책, 스케치, 낚시, 종달새 노랫소리를 즐길 것이고, 7월부터 가을까지는 화가들의 볼가강 여행이 예정되어 있었다. 올가 이바노브나도 중요한 구성원으로 여행에 참여하기로 했다. 벌써 아마포로 여행복 두 벌을 직접 만들었고 여행 때 쓸 물감과 붓, 캔버스와 팔레트를 사둔 참이었다. 거의 매일 랴보프스키가 찾아와 그림 실력이 얼마나 나아졌는지 봐주었다. 그림을 꺼내면 화가는 두 손을 주머니 깊숙이 찔러 넣고 입술을 꽉 다문 채 콧소리를 섞어 말했다.

"흐음, 이쪽 구름은 고함을 지르고 있군요. 저녁 빛

을 받지 못했어요. 전경은 어딘지 쥐어뜯긴 느낌이고요. 그러니까 뭔가 부족해요……. 이쪽 오두막은 뭐가 불만스럽다는 듯 삐걱거리네요. 여기 구석 부분을 좀 더 어둡게 하면 좋겠어요. 전체적으로 나쁘지 않아요. 잘했습니다."

화가가 알아듣지 못하게 말할수록 올가 이바노브나는 이해하기가 더 쉬웠다.

3

5월, 오순절 둘째 날 오후에 디모프는 저녁 식사거리와 과자를 사서 별장에 머물고 있는 아내에게 갔다. 벌써 두 주 동안이나 아내를 보지 못해 몹시 그리웠다. 열차를 타고 가는 동안, 그리고 숲길을 헤치고 별장으로 가는 동안, 그는 허기와 피곤에 시달렸고 어서 아내와 저녁을 먹고 편하게 누워 자야겠다고 생각했다. 캐비어, 치즈, 흰살생선이 들어있는 꾸러미를 보는 것만으로도 신이 났다.

간신히 별장에 도착했을 때는 벌써 해가 저물었다. 가정부 노파는 마님이 집에 안 계시지만 곧 돌아올 것이라고 말했다. 별장은 볼품 없었다. 낮은 천장에는 아무종이나 붙여 두었고 울퉁불퉁한 바닥은 갈라져 있었으며 방은 세 개뿐이었다. 방 하나에는 침대가, 다른 방에는 의자 위나 창가에 캔버스, 붓, 기름종이, 남자 외투와 모자가 무질서하게 놓여 있었다. 세 번째 방으로 들어가니 모르는 남자 셋이 있었다. 두 명은 갈색 머리에 턱수염을 기르고 있었고 남은 한 명은 깔끔하게 면도한 뚱뚱한 남자로 배우 같았다. 상 위에서 찻주전자가 끓고 있었다.

"무슨 일이시죠?" 배우가 못마땅한 시선으로 디모프를 훑어보며 낮은 목소리로 물었다. "올가 이바노브나를 찾아온 거요? 기다리면 곧 올 겁니다." 디모프는 앉아서 기다리기 시작했다. 갈색 머리 남자 한 명이 잠이 덜 깬 듯 흐릿한 시선으로 디모프를 보면서 차를 따르더니 물었다. "차 한 잔 마시겠습니까?"

목도 마르고 배고 고팠지만 입맛을 버리지 않으려고 디모프는 차를 사양했다. 곧 발소리와 귀에 익은 웃음소리가 들렸다. 문이 벌컥 열리더니 챙 넓은 모자를 쓰고 손에 화구 상자를 든 올가 이바노브나가 뛰어 들어왔다. 그 뒤로 커다란 우산과 접이의자를 든 랴보프스키도 빨갛게 상기된 즐거워 보이는 얼굴로 뒤따라왔다.

"디모프!" 올가 이바노브나가 기쁨에 넘쳐서 외쳤다. "당신이군요!" 아내는 남편 가슴에 얼굴과 두 손을 가져다 대면서 말했다. "정말 당신이에요? 왜 그렇게 오랫동안 오지 않았어요? 왜 무엇 때문에요?"

"올 시간이 있어야지? 늘 바쁘고 어쩌다 시간이 나

면 기차 시간이 안 맞는다든지 했거든."

"당신을 보니 얼마나 기쁜지 몰라요! 밤마다 당신 꿈을 꾸었어요. 혹시 병이 나진 않았는지 걱정했고요. 아, 친절한 당신이 정말 얼마나 필요한 때 와주었는지 몰라요. 당신이 내 구세주라니까요. 날 구해줄 사람은 당신뿐이에요! 내일 여기서 아주 독특한 결혼식이 열리거든요." 아내가 남편의 넥타이를 고쳐 매주면서 말을 이었다. "기차역 전신수 청년의 결혼식이에요. 치켈데예프라는 잘생기고 똑똑한 청년인데 그 뭐랄까, 얼굴에 힘과 우직함이 있어요. 나중에 그 사람을 모델로 바이킹을 그려도 될 것 같아요. 별장에 와 있는 사람들 모두가 초대받았고 결혼식에 참석하겠다고 약속했죠. 돈이 많지도 않고 외롭고 수줍은 사람인데 거절하면 안 되잖아요. 혼인 미사가 끝나면 모두 교회에서 신부 집까지 걸어가기로 했어요. 한번 상상해봐요. 숲에서 새들의 노래를 들으면서 걸어가는 장면을요. 햇살을 받은 풀밭이 반짝거리고 우리는 모두 그 초록빛 배경 위에서 색색의 점이 되는 거죠. 프랑스 인상파 취향으로 정말 독특하지 않아요? 근데 여보, 난 교회에 뭘 입고 가야 할까요?" 올가 이바노브나가 울상이 되었다. "여긴 아무것도 없어요. 정말 아무것도요! 옷도, 꽃도, 장갑도……. 그러니 당신이 날 구해줘야 해요. 여기 이렇게 당신이 온 건 운명이 절 구하라고 정해준 거예요. 당신이 열쇠를 갖고 집으로 가서

옷장에 있는 장밋빛 드레스를 가져다줘요. 기억하죠? 첫 번째 자리에 걸려 있어요. 그리고 창고 오른쪽 바닥을 보면 종이 상자 두 개가 있을 거예요. 위쪽 상자에는 레이스하고 천 조각들이 잔뜩 들었는데 아래에 꽃장식이 있어요. 조심해서 꺼내야 해요. 잘못하면 구겨지거든요. 나중에 또 써야 하니까. 그리고 장갑은 사다 줘요."

"알았소. 내일 가서 가져다주지." 디모프가 대답했다.

"내일이라뇨?" 올가 이바노브나가 놀라 되물었다. "내일 어떻게 시간을 맞춘다고요? 첫 기차가 아홉 시인데 결혼식은 열한 시란 말이에요. 여보, 안 돼요. 오늘 가야 해요! 내일 당신이 오기 어려우면 배달원 편으로 보내줘요. 자, 어서 가요. 벌써 기차가 들어올 시간이에요. 늦으면 안 돼요, 여보."

"알았소."

"이렇게 당신을 보내게 되어 얼마나 섭섭한지 몰라요." 올가 이바노브나의 눈에 눈물이 맺혔다. "전신수 청년한테 왜 그런 약속을 했는지 정말 난 바보 같아요."

디모프는 서둘러 차 한 잔을 마시고 빵 하나를 챙겨 겸손한 미소와 함께 역으로 출발했다. 캐비어, 치즈, 흰살생선은 갈색 머리 남자 두 명과 뚱뚱한 배우가 먹어치웠다.

4

　달빛 밝은 7월의 어느 고요한 밤, 올가 이바노브나는 볼가강 여객선 갑판에 서서 강물과 아름다운 강변 풍경을 바라보았다. 옆에 선 랴보프스키는 물 위의 검은 그림자가 그림자라기보다는 꿈이라고 말했다. 인간 삶의 덧없음과 높고 영원하며 성스러운 존재에 대해 알려주면서 신비하게 반짝이는 마법 같은 강물이나 끝없는 하늘, 슬픔에 잠긴 강변을 바라본다면 자기 삶이 잊히든, 죽든, 추억으로 남든 아무 상관 없다고도 했다. 과거는 흘러갔으니 그만이고 미래는 부질없으며 인생에 한 번뿐인 이 놀라운 밤도 곧 끝나 영원히 사라질 테니 사는 이유가 무엇인지 모르겠다는 질문도 던졌다.

　올가 이바노브나는 랴보프스키의 말소리를 듣다가 밤의 정적에 귀를 기울이다가 하면서도 자신은 불멸할 거라고, 결코 죽지 않을 거라고 생각했다. 전에는 한 번도 본 적 없는 쪽빛 강물, 하늘, 강변, 검은 그림자, 마음을 가득 채운 무의식적인 기쁨은 자신이 앞으로 위대한 화가가 될 것이라고, 저 멀리 달빛 밝은 밤 너머 무한히 펼쳐진 공간 어딘가에 성공, 영광, 대중의 사랑이 기다리고 있다고 말해주었다. 눈도 깜박이지 않고 먼 곳을 한참 동안 바라보고 있노라니 몰려든 사람들, 조명 불빛, 축하 음악 소리, 환호하는 외침, 흰옷을 입은 자기 자신,

사방에서 던져주는 꽃다발이 보이는 듯했다. 뱃전에 팔꿈치를 괴고 옆에 서 있는 사람이 신의 선택을 받은 위대한 천재라는 생각도 했다. 그가 지금까지 이루어낸 일은 모두 새롭고 비범하며 멋진 것이었다. 앞으로 더 성숙해진 후에 그의 남다른 재능이 이루어낼 것들은 또 어떻겠는가. 형언할 수 없이 고상하고 감동적이리라. 그건 그의 얼굴을 보든, 태도를 보든, 자연을 대하는 모습을 보든 분명했다. 그림자에 대해, 저녁 색조에 대해, 달빛에 대해 그가 하는 말은 특별하고 독창적이어서 마치 자연을 다 이해한 존재 같은 매력이 절로 느껴졌다. 그는 아주 잘생기고 개성적인 데다가 마치 하늘의 새처럼 속세의 모든 것에서 벗어나 독립적이고 자유로운 삶을 사는 인물인 것이다.

"선선해지네요." 올가 이바노브나가 몸을 떨었다.

랴보프스키는 자기 망토로 여자를 감싸주며 서글프게 말했다.

"저는 당신에게 꼼짝 못 하게 되어버렸습니다. 노예지요. 오늘 당신은 어쩌면 이렇게 매혹적일까요?"

그는 여자에게서 눈길을 떼지 않고 응시했다. 두 눈이 너무 강렬해 마주보기가 무서웠다.

"저는 당신을 미칠 듯 사랑합니다." 그가 여자의 뺨에 얼굴을 가까이 대고 속삭였다. "한 마디만 해줘요. 전 삶도 예술도 내던질 수 있습니다……." 격정에 사로잡힌 그가 중얼거렸다. "절 사랑한다고, 사랑한다고 말해줘요."

"그런 말 마세요." 올가 이바노브나가 눈을 감으며 말했다. "무서워요. 디모프는 어쩌고요?"

"디모프라니요? 왜 그 이름이 나오죠? 디모프가 무슨 상관입니까? 볼가강, 달, 아름다움, 내 사랑, 내 환희에 디모프는 아무 상관 없습니다. 아, 전 아무것도 모르겠어요. 과거따윈 필요 없어요. 오로지 한 순간, 한 순간이면 돼요!"

올가 이바노브나의 심장이 거세게 뛰었다. 남편 생각을 하려 했지만 결혼식, 디모프와 보낸 시간, 파티 등 모든 과거가 하잘것없고 희미하게, 불필요하고 머나먼 곳의 일처럼 여겨졌다……. 그렇다, 디모프라니? 그가 무슨 상관이지? 디모프를 신경 쓸 필요가 어디 있나? 그가 이 자연 속에 존재한단 말인가? 그는 그저 꿈이었던 건 아닐까?

'그렇게 단순하고 평범한 사람은 지금까지 누린 행복만으로도 충분해.' 올가 이바노브나는 두 손으로 얼굴을 감싸고 생각했다. '거기 사람들이 얼마든지 날 비난하고 욕해도 좋아. 다 받아주고 죽어버리면 되니까. 다 받아주고 죽어버린다고……. 사는 동안 모든 걸 경험해봐야 하는 거야. 아, 이 얼마나 극적이고 멋진가!'

"자, 어떻게 하겠어요? 어떻게?" 화가가 여자를 포

옹하며 두 손에 입맞춤을 퍼부었다. 여자는 그저 시늉만으로 손을 빼내려 했다. "당신도 날 사랑하죠? 그렇죠? 아, 얼마나 아름다운 밤인지! 얼마나 마법 같은 밤인지!"

"맞아요. 정말 아름다운 밤이죠!" 올가 이바노브나는 눈물이 고여 반짝이는 눈으로 남자를 바라보며 속삭였고 재빨리 주위를 살핀 후 남자를 껴안고 열렬히 입을 맞추었다.

"키네슈마시로 갑시다!" 갑판 저쪽에서 누군가 말했다.

그들의 묵직한 발소리가 들렸다. 식당에서 나온 남자가 그들 곁을 지나갔다.

"있잖아요, 포도주 좀 가져다줘요." 행복감에 울고 웃으며 올가 이바노브나가 화가에게 말했다.

격정으로 창백해진 화가는 벤치에 앉더니 애정과 감사의 시선으로 여자를 바라보았다. 이어 눈을 감고는 힘겨운 미소와 함께 중얼거렸다. "난 지쳤어요."

그리고 뱃전에 머리를 기댔다.

5

9월 2일은 따뜻하고 고요했지만 날씨가 흐렸다. 이른 아침 볼가강 위로 먹구름이 살짝 드리우더니 아홉 시가 넘으면서 비가 흩뿌리기 시작했다. 하늘이 맑아질 일은 없을 듯했다. 차를 마시면서 랴보프스키는 올가 이바노브나에게 그림은 가장 배은망덕하고 따분한 예술이라고, 자신은 화가가 아니라고, 자신에게 재능이 있다고 생각하는 건 바보들뿐이라고 말하더니 갑자기 나이프를 움켜쥐고는 제일 잘 된 그림에 대고 마구 칼질을 해댔다. 차를 마신 후에는 우울한 모습으로 창가에 앉아 볼가강을 바라보았다. 반짝임을 잃은 볼가강은 희미하고 불투명하며 차가운 모습이었다. 모든 것이 서글프고 침울한 가을이 다가오고 있음을 알려주었다. 강변의 화려한 초록빛 융단이며 다이아몬드 같은 달빛, 투명한 푸른 빛 하늘, 그 밖의 모든 멋지고 화려한 것들을 이제 자연이 볼가강에서 다 거두어들이고 다음 봄까지 궤짝에 넣어두기로 작정한 듯했다. 볼가강 위를 날아다니는 까마귀들은 헐벗은 강을 놀리듯 울어댔다. 랴보프스키는 그 소리를 들으면서 자신이 이미 한물갔고 재능도 잃었다고, 세상만사가 일시적인 것이고 멍청한 짓뿐이라고, 이 여자와 엮이지 말았어야 했다고 생각했다. 한 마디로 그는 기분이 나쁘고 우울했다.

올가 이바노브나는 칸막이 뒤의 침대에 앉아 아름다운 아마빛 머리카락을 손가락으로 쓸어내리면서 집의 거실, 침실, 서재에 있는 자기 모습을 상상했다. 극장에, 재단사에게, 유명 인사들에게 가는 장면도 떠올렸다. 그 사람들은 지금 어떻게 지낼까? 날 기억하기는 할까? 가을이 이미 시작되었으니 파티 계획을 세워야 하는데. 디모프는? 아, 다정한 내 남편! 어서 집에 돌아오라며 점잖은, 하지만 아이처럼 간절하게 보채는 편지를 보내왔지. 매달 75루블씩 꼬박꼬박 부쳐주었고 화가들한테 백 루블을 빌렸다고 하자 그 돈도 바로 보내주었고 말이야. 얼마나 착하고 관대한 사람인지! 올가 이바노브나는 여행에 지쳤고 지겨워졌다. 거친 농부 남자들한테서, 강이 풍기는 눅눅한 냄새로부터 하루빨리 벗어나고 싶었다. 이 마을 저 마을을 떠돌며 농부가 사는 오두막에 묵다 보니 몸에 밴 불결한 느낌을 털어내고 싶었다. 랴보프스키가 화가들한테 9월 20일까지 여기서 함께 지내겠다고 약속만 하지 않았다면 당장 오늘이라도 떠날 수 있을 텐데. 그럴 수 있다면 얼마나 좋을까!

"맙소사." 랴보프스키가 한탄했다. "도대체 해는 언제 나오는 거지? 해가 없는데 어떻게 햇살 비치는 풍경을 그릴 수 있냔 말이야!"

"구름 낀 날 그렸던 것이 있잖아요." 올가 이바노브나가 칸막이 밖으로 나오면서 말했다. "오른쪽에 숲이 있고 왼쪽에 소랑 오리들이 있는 그림이요. 기억나죠? 지금은 그걸 끝내면 되겠네요."

"뭐라고?" 화가가 얼굴을 찡그렸다. "끝내면 되겠다고? 내가 혼자서는 뭘 해야 하는지도 모르는 바보라고 생각하나 보지?"

"날 대하는 게 어쩜 이렇게 달라졌죠?" 올가 이바노브나가 한숨을 쉬었다.

"이것만으로도 이미 충분히 훌륭해!"

얼굴이 일그러진 올가 이바노브나는 벽난로 쪽으로 물러나 울기 시작했다.

"눈물바람은 지긋지긋하다고. 그만 그쳐! 나도 울고 싶은 일은 무수히 많지만 울지 않잖아!"

"무수히 많다고요?" 올가 이바노브나가 흐느끼며 말했다. "제일 큰 이유는 제가 벌써 성가신 존재가 되었다는 거겠죠. 그래요! 진실은 당신이 우리 사랑을 부끄러워한다는 거예요! 화가들이 눈치채지 못하게끔 온갖 노력을 다하죠. 감출 수도 없는 일을요. 벌써 오래전부터 다들 아는 일인 걸요."

"올가, 한 가지만 부탁하지." 화가가 가슴에 한 손을 얹고 간절한 투로 말했다. "날 괴롭히지 말아줘! 이제 당신한테 바라는 건 그것뿐이야!"

"그래도 날 사랑하죠? 사랑한다고 말해줘요!"

"정말 질색이군!" 화가가 이를 악물고 말하더니 벌떡 일어났다. "내가 볼가강으로 뛰어들거나 미쳐버리거나 해야 끝이 난다는 거지! 날 좀 내버려 둬!"

"그럼 날 죽여요, 죽이라고요!" 올가 이바노브나가 소리를 질렀다. "죽이라고!"

올가 이바노브나는 흐느끼면서 칸막이 뒤로 들어갔

다. 오두막의 초가지붕 위로 비가 후두둑 소리를 내며 떨어졌다. 랴보프스키는 머리를 감싸 쥐고 집 안을 오가더니 누군가에게 뭔가 증명이라도 하겠다는 듯 결심한 표정으로 모자를 쓰고 총을 어깨에 메더니 밖으로 나갔다.

화가가 나간 다음에도 올가 이바노브나는 한참 동안 침대에 누워 흐느꼈다. 처음에는 랴보프스키가 돌아왔을 때 죽어버린 자신을 발견하게끔 독약을 먹어야겠다고 생각했다. 하지만 다음 순간에는 거실과 서재에 있는 자기 모습, 디모프 곁에 가만히 앉아 편안하고 청결한 삶을 누리는 모습, 저녁이면 극장에 가서 오페라 가수 마지니의 노래를 듣는 모습을 상상했다. 문명 생활, 도시의 소음, 유명 인사 등이 너무도 그리워 가슴이 먹먹했다. 노파가 오두막 안으로 들어오더니 느긋하게 불을 피우고 식사를 준비하기 시작했다. 타는 냄새가 나면서 푸르스름한 연기가 주변을 채웠다. 더러운 긴 장화를 신은 화가들이 비에 젖은 얼굴을 하고 들어와서는 그림을 살펴보았고 볼가강은 궂은 날씨에도 매력적이라며 스스로를 위로하는 말을 했다. 벽에 걸린 싸구려 시계가 째깍째깍 돌아갔다. 추위로 둔해진 파리들이 성상 근처 구석에 몰려들어 붕붕거렸다. 긴 의자 아래 두꺼운 종이 밑으로 바퀴들이 돌아다니는 소리도 들렸다…….

랴보프스키는 해가 진 다음에야 돌아왔다. 창백하고 지친 모습의 그는 탁자에 모자를 던지고는 더러워진 장화를 신은 채 의자에 앉아 눈을 감았다.

"지쳤어." 그는 눈꺼풀을 들어 올리려 애쓰면서 눈썹을 움직였다.

화가를 위로하고 자신이 화나지 않는다는 걸 알려 주기 위해 올가 이바노브나가 곁에 다가가 말없이 입을 맞추고 금발의 곱슬머리에 빗을 가져다 댔다. 머리를 빗겨줄 참이었다.

"뭐야!" 화가는 뭔가 차가운 물건이 닿기라도 한 듯 질색을 하며 눈을 떴다. "뭐 하는 거요? 제발 부탁이니 날 좀 내버려 두라니까."

화가는 여자의 손을 밀치며 몸을 피했다. 그 얼굴에 떠오른 표정은 혐오와 분노처럼 보였다. 그 순간 노파가 양배추 수프 접시를 두 손으로 조심스레 날라 왔다. 양쪽 엄지손가락이 접시 안에 들어간 모습이 올가 이바노브나의 눈에 띄었다. 튀어나온 배를 꽉 동여맨 지저분한 노파, 랴보프스키가 게걸스레 먹고 있는 양배추 수프, 오두막집, 처음에는 소박해서 끌렸던 이런 삶이, 화가 특유의 무질서 등이 하나같이 끔찍스러웠다. 갑자기 자신이 모욕당했다는 느낌을 받은 올가 이바노브나가 냉정하게 말했다.

"우리는 얼마 동안 헤어져 있는 게 좋겠어요. 안 그러면 권태 때문에 심각한 싸움이 벌어질 거예요. 이제 지겨워요. 오늘 떠날게요."

"어떻게? 빗자루라도 탈 건가?"

"오늘이 목요일이니 아홉 시 반에 여객선이 올 거예요."

"그런가? 그래, 그렇군. 그럼 떠나도록 해……." 냅킨 대신 수건으로 입을 닦으며 랴보프스키가 부드럽게 말했다. "당신은 여기서 지루해하고 할 일도 없으니 붙잡는 건 이기적인 행동일 뿐이야. 그만 떠나고 20일 후에 봅시다."

올가 이바노브나는 신이 나서 짐을 쌌다. 좋아서 두 뺨이 발그레해질 정도였다. 이제 거실에서 그림을 그리고 침실에서 잠을 자며 식탁보 위에서 밥을 먹을 수 있다는 게 정말일까? 마음이 가벼워진 덕분에 화가한테도 화가 나지 않았다.

"물감하고 붓은 남겨둘게요. 쓰다가 남으면 가져와요." 올가 이바노브나가 말했다. "내가 없어도 게으름 부리거나 우울해하지 말고 열심히 그려야 해요. 잘 할 수 있죠?"

아홉 시에 랴보프스키가 작별 인사로 입맞춤을 했다. 다른 화가들 보는 앞에서 입 맞추는 일을 면하려는 심산이라고 올가 이바노브나는 생각했다. 부두로 나가자 곧 배가 도착해 올라탔다.

올가 이바노브나는 이틀 반이 지나서야 집에 도착했다. 모자와 방수 외투를 벗지도 않은 채 기대감에 숨을 헐떡거리며 거실로 들어갔다가 다시 식당으로 갔다가 했다. 윗도리를 벗고 조끼 단추도 푼 디모프가 식탁에 앉아 포크에 대고 나이프 날을 갈고 있었다. 꿩고기 접시가 앞에 놓였다. 올가 이바노브나는 집에 들어가면서 과거를 다 숨겨야 한다고, 자기는 얼마든지 그렇게 할 수 있다고 다짐했지만 막상 수줍은 듯 환하고 행복한 미소, 기쁨으로 반짝이는 두 눈을 대하고 보니 이런 사람을 속이는 것이 얼마나 비열하고 가증스러운 짓인지 느낄 수 있었다. 비방이나 절도 혹은 살인이 불가능하듯 이런 속임수도 자신에게는 도저히 불가능한 일이었다. 그래서 순간적으로 모든 것을 털어놓을 작정을 했다. 남편의 입맞춤과 포옹이 끝나자 올가 이바노브나는 무릎을 꿇고 얼굴을 감쌌다.

"왜? 여보, 왜 그래?" 남편이 다정하게 물었다. "너무 반가워서 그래?"

올가 이바노브나는 부끄러워 붉어진 얼굴을 들고 사죄의 시선으로 남편을 보았다. 하지만 두려움과 수치심 때문에 진실을 말하지는 못했다.

"아무것도 아니에요. 그저……."

"어서 앉아." 남편이 아내를 일으켜 식탁에 앉혔다. "자, 꿩고기 좀 먹어봐요. 얼마나 배가 고프겠어."

올가 이바노브나는 집의 공기를 마음껏 들이마시면서 꿩고기를 먹었다. 남편은 그런 아내를 다정하게 바라보며 기쁨의 미소를 지었다.

6

한겨울부터는 디모프도 수상한 낌새를 알아차린 것 같았다. 그는 마치 자기가 무엇을 잘못한 양 아내를 똑바로 쳐다보지 못했고 함께 있을 때 행복한 미소도 짓지 않았으며 단둘이 있지 않으려는 듯 코로스텔료프라는 동료 의사를 자주 식사 자리에 데려왔다. 키가 작고 머리를 짧게 잘랐으며 얼굴이 찌그러진 이 동료는 올가 이바노브나와 대화할 때면 어쩔 줄 몰라 하며 윗옷 단추를 모조리 풀었다가 다시 잠그고 오른손으로 왼쪽 콧수염을 잡아 뜯곤 했다. 식사를 하면서 두 의사는 횡격막이 올라가면 간혹 부정맥이 나타난다든가, 최근 들어 신경염이 자주 관찰된다든가, 전날 디모프가 해부한 악성 빈혈 진단 시신에서 췌장암이 발견되었다든가 하는 얘기를 나누었다. 그런 의학적 대화는 오로지 올가 이바노브나가 입을 열지 못하도록, 다시 말해 거짓말을 하지 못하도록 하기 위함인 듯 여겨졌다. 식사가 끝나면 코로스텔료프가 피아노 앞에 앉았고 디모프는 한숨을 쉬며 말하곤 했다. "이보게, 뭔가 슬픈 곡을 연주해보게나!"

코로스텔료프는 어깨를 올리고 손가락을 넓게 벌려 화음 몇 개를 잡고 테너로 〈러시아 남자의 고뇌를 덜

어줄 안식처는 어디에〉 같은 곡을 노래했다. 그러면 디모프는 다시 한숨을 쉬며 주먹 쥔 손으로 머리를 받치고 생각에 잠기는 것이었다.

최근 올가 이바노브나는 전혀 조심성 없이 행동했다. 매일 아침 우울한 기분으로 깨어나서는 랴보프스키를 더 이상 사랑하지 않으며 모든 것이 끝나서 다행이라고 생각했다. 하지만 커피를 마시고 나면 랴보프스키 때문에 남편을 잃어버렸고 결국 남편도, 랴보프스키도 남지 않았다는 생각이 들었다. 그 후에는 랴보프스키가 대단한 전시회를 준비하고 있다고, 풍경화와 풍속화를 폴레노프풍으로 섞은 그림들에 화실을 방문한 모두가 찬사를 보낼 정도였다고 한 지인의 말을 떠올렸다. 하지만 그건 어디까지나 자기의 영향을 받은 덕분에 발전한 화풍이라는 것이 올가 이바노브나의 생각이었다. 자신의 영향력이 그토록 강하고 중요한 상황에서 자기가 화가를 버린다면 그는 그대로 죽어버릴지도 모를 일이었다. 마지막으로 자신을 찾아왔을 때 번쩍거리는 회색 양복에 새 넥타이를 매고 "나 멋있나요?"라고 괴로운 듯 묻던 모습이 기억났다. 사실 긴 곱슬머리에 푸른 눈동자를 지닌 그는 아주 멋졌고 그날 특히 다정했다.

그렇게 많은 것을 떠올리고 생각한 후에는 옷을 입고 몹시 설레는 마음으로 랴보프스키의 화실로 향하곤 했다. 그곳엔 정말로 훌륭한 자기 작품을 앞에 두고 즐거

○

운 마음에 들뜬 화가가 있다. 그는 촐싹거리며 장난을 치고 진지한 질문도 농담으로 받는다. 올가 이바노브나는 화가를 그림에 빼앗긴 것이 약 올라 그림이 싫지만 예의 상 5분 정도 말없이 그림을 감상한 후 마치 성물聖物 앞에 서처럼 한숨을 쉬며 조용히 말한다. "그렇군요. 지금까지 그린 것 중 최고예요. 소름이 끼칠 정도네요."

이어 자기를 사랑해달라고, 버리지 말라고, 불행한 자신을 동정해달라고 애원하기 시작한다. 울면서 그의 손에 입을 맞추고 사랑을 약속해달라고 요구한다. 자기의 영향을 벗어났다가는 화가가 길을 잃고 헤매다 죽어버릴 것이라고 주장한다. 남자의 즐거운 기분을 망치고 스스로도 비굴하다고 느낀 올가 이바노브나는 이후 재단사한테 가거나 친분 있는 배우를 찾아가 극장표를 구걸하거나 했다.

화실에 갔다가 그를 만나지 못하면 그날 당장 자신을 찾아오라고, 아니면 독약을 마시겠다고 위협하는 편지를 남겼다. 겁을 먹은 화가는 집으로 찾아와 식사 때까지 머문다. 그리고 남편이 있다는 것에 개의치 않고 무례한 말을 일삼았고 여자 또한 마찬가지로 응수했다. 두 사람은 서로에게 폭군이자 적으로 끈끈하게 연결되어 있는 꼴이었다. 상대를 못 잡아먹어서 안달이었고 그 싸움에 매달리는 모습이 얼마나 꼴불견인지 알아차리지도 못했다. 디모프의 동료 코로스텔료프까지도 모든 걸 짐작했을 정도였는데 말이다. 식사가 끝나면 랴보프스키는 서둘러 작별 인사를 하고 떠나곤 했다.

"어디 가려고요?" 전송하러 나간 올가 이바노브나가 증오의 시선으로 바라보며 질문을 던진다.

남자는 얼굴을 찌푸리고 눈을 가늘게 뜨면서 두 사람이 다 아는 여자의 이름을 생각나는 대로 댄다. 질투심을 자극하고 화나게 만들려는 의도가 분명하다. 여자는 침실로 달려가 침대에 몸을 던지고는 질투, 분노, 모멸감과 수치심으로 베개를 물어뜯다가 큰 소리로 울기 시작한다. 그러면 디모프가 코로스텔료프를 거실에 남겨두고 침실로 가서는 괜히 자기가 무안해하며 "왜 그렇게 우는 거야? 이제 그만 해요. 그런 모습은 좋지 않아. 지난 일은 돌이킬 수 없잖소"라고 우물쭈물 말하는 것이다.

관자놀이가 깨져나갈 듯한 질투심을 어떻게 해결해야 할지 몰라서, 또 아직 무언가 바로잡을 수 있다고 생각해서 올가 이바노브나는 눈물범벅인 얼굴을 씻고 분을 바르고 남자가 말한 여자의 집으로 달려간다. 거기 랴보프스키가 없으면 다른 여자 집으로, 또 거기 없으면 다른 여자 집으로……. 처음에는 그렇게 다니는 것이 부끄러웠지만 곧 익숙해졌고 결국은 하룻밤 동안 아는 여자들 집을 다 순례하면서 남자를 찾는다. 모두들 상황이 어떤지 뻔히 짐작할 수 있다.

어느 날 올가 이바노브나는 랴보프스키에게 남편을

이렇게 표현했다. "관대함으로 날 짓누르는 사람이야."

이 표현이 무척 마음에 든 여자는 자기 연애 사실을 아는 화가들 앞에서 남편 얘기를 할 때마다 두 팔을 휘두르며 말했다. "관대함으로 날 짓누르는 사람이야."

생활은 그 전 해와 똑같았다. 수요일마다 파티가 열렸다. 배우는 낭송하고 화가는 그리고 바이올리니스트는 연주하고 가수는 노래했으며 열한 시 반이 되면 어김없이 식당으로 통하는 문이 열리고 디모프가 미소 지으며 말했다. "여러분, 좀 드시지요."

올가 이바노브나가 유명 인사들을 찾고 발견했다가는 만족하지 못하고 새로운 인물을 다시 찾는 것도 전과 똑같았다. 매일 밤늦게 귀가하는 것도 마찬가지였는데 디모프가 먼저 잠들지 않고 서재에서 무언가 하고 있다는 것만 달랐다. 그는 새벽 세 시에 잠자리에 들어 여덟 시에 일어났다.

어느 날 저녁 아내가 극장에 갈 채비를 하며 화장대 앞에 앉아 있을 때 연미복에 흰 넥타이를 맨 디모프가 들어왔다. 그리고 전처럼 수줍은 미소를 띠고 행복한 눈으로 아내를 응시했다. 얼굴이 환하게 빛났다.

"방금 박사 논문 심사를 받았소." 그가 자리에 앉아 무릎을 쓸었다.

"통과됐어요?" 올가 이바노브나가 물었다.

"그럼!" 그는 웃으면서 앞으로 목을 쭉 뺐다. 등 돌리고 앉아 머리를 매만지고 있는 아내 얼굴을 거울로 바라보기 위해서 말이다. "그럼!" 그가 다시 말했다. "그리고 말이지, 내가 비상근 강사로 일반병리학을 가르치게 될 것 같아. 느낌이 그래."

행복하게 환히 빛나는 그 얼굴로 미뤄볼 때 올가 이바노브나가 그 기쁨과 환희를 함께 나누었더라면 그 순간 모든 것을 영원히 용서받았을 것이다. 하지만 비상근 강사나 일반병리학이 뭔지 모르는 아내는 그저 극장에 늦을까 봐 걱정할 뿐 아무 말도 하지 않았다.

남편은 2분쯤 앉아 있다가 겸연쩍은 미소를 지으며 방을 나갔다.

7

정말이지 여러 가지 문제가 터진 하루였다.

디모프는 두통이 몹시 심했다. 아침에 일어나서는 차를 마실 수도, 병원에 갈 수도 없어 내내 서재 소파에 누워 있었다. 올가 이바노브나는 늘 그렇듯 열두 시가 넘자 랴보프스키 화실로 갔다. 자기가 그린 정물화를 보여주고 어제 왜 안 왔는지 물어볼 참이었다. 사실 정물화 따위는 아무 의미도 없었다. 그저 화가를 찾아갈 구실로 그린 것이었으니.

벨도 누르지 않고 들어가 현관에서 덧신을 벗고 있

을 때 안쪽에서 여자 옷자락이 조용히, 하지만 재빨리 움직이는 소리가 들렸다. 서둘러 안쪽을 살폈더니 갈색 치맛단이 순식간에 커다란 그림 뒤로 숨어드는 것이 보였다. 이젤과 함께 짙은 색 옥양목 천으로 바닥까지 덮여 있는 그림이었다. 의심할 여지없이 여자가 몰래 숨은 것이다! 올가 이바노브나 자신이 거기 숨은 적이 얼마나 많았던가. 당황한 기색이 역력한 랴보프스키는 마치 급작스러운 방문에 놀란 척 두 팔을 내밀고 억지 미소를 지었다. "아, 어서 와요. 뭐 좋은 소식이라도 있나요?"

올가 이바노브나의 두 눈에 눈물이 차올랐다. 수치스럽고 서글펐다. 백만금을 준다 해도 낯선 여자가 있는 자리에서 무언가를 말할 수는 없었다. 그림 뒤에 숨은 경쟁자이자 거짓말쟁이는 고소하다는 듯 키득거릴 게 분명했다.

"그림을 보여드리려고요, 정물화예요." 올가 이바노브나가 가늘고 약하게 떨리는 목소리로 말했다. 입술이 떨렸다.

"아, 그렇군요?"

화가가 그림을 받아들더니 살펴보면서 자연스러운 척 옆방으로 걸어갔다.

올가 이바노브나도 그 뒤를 따랐다.

"정물화라…… 나투르 모르트가 정물화죠. 소르트, 쿠로르트, 초르트, 포르트……." 각운이 맞는 단어들을 주위섬기는 화가의 중얼거림 뒤로 총총거리는 발걸음과 옷자락 소리가 들렸다. 그 여자가 나간 것이다. 올가 이바노브나는 고함을 지르고 뭔가 무거운 것으로 화가의 머리를 한 대 갈긴 후 나가버리고 싶었지만 눈물이 앞을 가려 아무것도 보이지 않았다. 너무도 부끄러운 나머지 자신이 올가 이바노브나도, 여류화가도 아닌 한 마리 벌레처럼 느껴졌다.

"난 지쳤어요." 그림을 보던 화가가 졸음을 쫓으려는 듯 고개를 흔들면서 작은 소리로 말했다. "잘 그렸네요. 근데 오늘도 그리고 작년에도 그리고 다음 달에도 그리는 일을 반복하겠군요. 지겹지도 않나요? 제가 당신이라면 그림을 집어치우고 음악이나 다른 거에 매달리겠어요. 당신은 화가보다는 음악가니까요. 그건 그렇고 정말 지치네요! 차를 가져오라고 해야겠어요. 괜찮지요?"

그가 방을 나갔다. 하인에게 무언가 지시하는 소리가 들렸다. 작별 인사를 하고 무언가 설명하는 일을 면하기 위해, 더 중요하게는 울음을 터뜨리지 않기 위해 올가 이바노브나는 랴보프스키가 돌아오기 전에 서둘러 현관으로 달려가 덧신을 신고 거리로 나섰다. 비로소 숨쉬기가 편해졌다. 마침내 랴보프스키로부터, 그림으로부터, 작업실에서 자신을 짓누른 끔찍한 수치심으로부터 자유로워졌다고 느꼈다. 다 끝난 것이다!

올가 이바노브나는 재단사에게 갔다가 바로 전날

도착했다는 바르나이를 방문했고 이어 악보 가게에 들렀다. 그러는 내내 랴보프스키에게 어떻게 차갑고 단호하면서도 품격 있는 편지를 써야 할지, 어떻게 봄이나 여름에 디모프와 함께 크림에 가서 과거를 완전히 청산하고 새 삶을 시작할지 생각했다.

늦은 저녁에야 집으로 돌아온 올가 이바노브나는 옷도 갈아입지 않고 거실에 앉아 편지를 썼다. 나한테 화가 아니라고 했으니 마찬가지로 맞받아쳐야지. 매년 똑같은 것만 그리고, 매일같이 하는 말이라고는 창조력이 고갈되어 전에 그렸던 그림과 다른 건 전혀 안 나온다는 것뿐이라고. 나한테 그동안 좋은 영향을 얼마나 많이 받았는지 기억하라고, 지금과 같은 멍청한 행동은 오늘 그림 뒤로 숨어든 여자를 비롯해 상스러운 사람들로 인해 내 영향력이 그만 가려진 탓이라고.

"여보!" 디모프가 서재의 닫힌 문 안쪽에서 아내를 불렀다. "여보!"

"왜요?"

"여기 들어오지 말고 문 앞으로만 와봐요. 사흘 전에 병원에서 디프테리아에 감염되었는데…… 상태가 안좋아. 어서 코로스텔료프를 불러와 줘."

올가 이바노브나는 남편을 부를 때 마치 아는 남자를 대하듯 이름이 아니라 디모프라고 성姓을 불렀다. 오시프라는 이름이 마음에 들지 않았기 때문이다. 고골 작품에 나오는 우스꽝스러운 인물 오시프가 연상되기도 했고 '오시프 아흐리프, 아흐리프 오시프'(오시프가 목이 쉬고 아르히프는 목이 잠기다는 뜻)라는 말장난이 떠오르기도 했다. 하지만 그 순간만큼은 자신도 모르게 이름을 불렀다.

"오시프, 이게 무슨 일이에요!"

"어서! 상태가 안 좋다니까." 문 안쪽에서 디모프가 말한 후 소파로 되돌아가 눕는 소리가 났다. "어서 불러 줘요!" 목소리가 꽉 잠겨 있었다.

'이게 다 무슨 일이야?' 올가 이바노브나는 공포로 오싹해졌다. '위급한 상황이잖아!'

괜스레 촛불을 들고 침실로 간 올가 이바노브나는 뭘 해야 할지 생각하다가 우연히 화장대 거울에 비친 자기 모습을 보았다. 공포에 질린 창백한 얼굴, 소매를 부풀리고 가슴에 노란 주름 장식을 단 조끼, 독특한 방향으로 줄무늬가 들어간 치마, 괴상하고 추악한 모습이었다. 갑자기 디모프가, 자신에게 보여준 무한한 사랑이, 그의 젊은 인생이, 벌써 오랫동안 그가 잠을 자지 않은 주인 잃은 침대까지도 불쌍해져 가슴이 쓰렸다. 평소의 수줍고 선량한 미소도 떠올랐다. 올가 이바노브나는 서럽게 울면서 코로스텔료프에게 간절한 편지를 썼다. 새벽 두 시였다.

8

아침 여덟 시, 올가 이바노브나가 침실에서 나왔다. 잠을 설쳐 두통이 심했고 머리도 빗지 않은 데다가 죄지은 표정을 짓고 있어 꼴이 말이 아니었다. 검은 구레나룻의 신사가 옆을 지나쳐 현관으로 향했다. 의사인 것 같았다. 약 냄새가 났다. 서재 문가에는 코로스텔료프가 서서 오른손으로 왼쪽 콧수염을 비틀고 있었다.

"죄송하지만 안으로 들어가실 수 없습니다." 딱딱한 말투였다. "감염될지 모릅니다. 들어가 봤자 소용도 없습니다. 어차피 혼수상태여서요."

"정말로 디프테리아인가요?" 올가 이바노브나가 속삭이는 소리로 물었다.

"이렇게 무모한 사람은 정말이지 재판에라도 넘겨야 해요." 대답 대신 코로스텔료프가 중얼거렸다. "어떻게 감염된 줄 아십니까? 화요일에 소년 환자의 디프테리아 딱지를 대롱으로 빨아들였다는 겁니다. 대체 왜 그런 짓을? 멍청하게, 정말이지 바보 같은 짓입니다."

"위험한가요? 심각해요?" 올가 이바노브나가 다시 물었다.

"네, 중증이랍니다. 슈레크 선생을 불러야 할 것 같습니다."

머리카락이 붉고 코가 길며 유대인 억양의 키 작

은 남자가 오더니 그다음에는 어쩐지 성당 사제를 연상시키는 키 크고 등이 구부정한 털투성이 사내가 왔고 이어 붉은 얼굴에 안경을 쓴 뚱뚱한 청년도 왔다. 디모프 병상을 지키기 위해 교대로 찾아온 동료 의사들이었다. 하녀는 차를 대접하랴, 약국 심부름을 다니랴 바빴고 집 안을 치울 사람은 아무도 없었다. 조용하고 우울한 분위기였다.

　침실에 앉은 올가 이바노브나는 남편을 속인 자신을 신이 벌하는 거라고 생각했다. 조용하고 순종적이며 이해할 수 없는 존재, 수줍음 때문에 개성이 가려져 특징조차 없어 보이고 선량함이 지나쳐 나약한 존재가 서재 소파에 누워 말없이 고통받고 있었다. 헛소리로라도 그 존재가 불평을 쏟아내기 시작하면 동료 의사들은 디프테리아만이 문제가 아니었음을 알게 될 것이다. 다들 코로스텔료프에게 물어볼 것이다. 상황을 다 아는 사람이니. 아픈 동료의 아내가 마치 디프테리아보다 더 끔찍하고 결정적인 악역이라도 된다는 듯한 눈길을 보내는데도 이유가 있을 테니. 올가 이바노브나는 볼가 강변의 달빛 환한 밤도, 사랑 고백도, 오두막의 낭만적인 생활도 더 이상 기억나지 않았다. 괜한 변덕과 불장난으로 인해 자신이 온통 더럽고 끈적거리는 오물을 뒤집어썼으며 결코 이 오물을 씻어낼 수 없으리라는 생각만 떠올랐다……

'아, 얼마나 끔찍한 잘못을 저질렀는지!' 올가 이바노브나는 랴보프스키와의 불장난 같은 사랑을 후회했다. '저주받아 마땅한 일이야!'

네 시에 코로스텔료프와 함께 식사를 했다. 남자는 아무것도 먹지 않고 붉은 포도주만 마시며 얼굴을 찌푸렸다. 올가 이바노브나도 아무것도 먹지 않았다. 머릿속으로 계속 기도를 올리며 디모프가 건강해지면 다시 남편만을 사랑하고 충실한 아내가 되겠노라고 신께 맹세했다. 하지만 그러면서도 코로스텔료프를 보면서 '아무 특징 없이 저렇게 평범하고 이름 없이 살다니, 게다가 얼굴도 찌그러지고 행동거지도 엉망이라니, 저런 삶은 얼마나 지루할까?'라는 생각이 순간 스쳐 갔다. 전염될까 두렵다고 남편이 있는 서재에 한 번도 안 들어갔으니 당장이라도 신에게 벌을 받아 죽게 되지 않을까 싶기도 했다. 자기 삶은 이미 망가졌고 무엇으로도 바로잡을 수 없다는 우울한 확신이 마음을 사로잡았다.

식사가 끝나자 어둠이 찾아왔다. 올가 이바노브나가 거실로 나가보니 코로스텔료프가 금실로 수놓은 실크 방석을 머리 아래 받치고 긴 의자 위에 잠들어 있었다. 드르렁드르렁 코 고는 소리가 들렸다.

번갈아 찾아와 환자 곁을 지키는 의사들은 어수선한 집안 상황을 알아차리지도 못하는 것 같았다. 그림이 잔뜩 걸린 거실에서 낯선 남자가 코를 골며 잠자든 말든,

안주인이 머리도 빗지 않고 아무거나 주섬주섬 걸치고 있든 말든 아무 상관 없었다. 의사 하나가 갑자기 웃음을 터뜨렸을 때는 그 웃음소리가 어찌나 어색하고 이상하게 들렸는지 섬뜩할 정도였다.

다시금 올가 이바노브나가 거실로 나왔을 때는 코로스텔료프가 어느새 잠에서 깨 담배를 피우며 앉아 있었다.

"디프테리아가 비강까지 번졌습니다. 심장 기능도 떨어졌고요. 그러니까 상황이 몹시 안 좋다는 말입니다." 그가 낮은 소리로 말했다.

"슈레크를 부르시죠." 올가 이바노브나가 대답했다.

"벌써 왔다 갔습니다. 코까지 번졌다는 걸 그 의사가 발견한 겁니다. 슈레크가 다 무슨 소용이랍니까? 할 수 있는 게 없는데요. 그 사람은 슈레크고 저는 코로스텔료프고, 뭐 그게 다입니다."

시간은 끔찍할 정도로 천천히 흘러갔다. 올가 이바노브나는 아침에 일어났던 상태 그대로 방치된 침대에 옷 입은 채 누워 선잠을 잤다. 바닥부터 천장까지 집 전체에 거대한 쇳덩이가 들어찬 꿈을 꾸었다. 그 쇳덩이만 들어내면 모두가 즐겁고 편안해질 것 같았다. 정신을 차리고 보니 그 쇳덩이는 다름 아닌 디모프의 병이었다.

'나투르 모르트, 포르트, 스포르트, 쿠로르트⋯⋯' 다시 잠에 빠져들면서 올가 이바노브나는 생각했다. '슈레크로 각운을 맞춰본다면? 슈레크, 그레크, 브레크, 크레크……. 내 친구들은 다 어디 있지? 우리 집에 이런 일이 생겼다는 걸 알기나 할까? 주님, 우리를 구하소서. 슈레크, 그레크…….'

또다시 쇳덩이가 집을 채웠다……. 시간은 길게 늘어졌지만 아래층의 시계는 자꾸만 종을 쳤다. 초인종도 계속 울렸다. 의사들이 왔다가는 다시 갔다……. 쟁반에 빈 찻잔을 받쳐 든 하녀가 들어와 물었다. "마님, 잠자리를 봐 드릴까요?"

대답이 없자 하녀는 나가버렸다. 아래층에서 다시 시계가 종을 쳤다. 잠결에 볼가강 위로 내리는 비가 보였다. 다시 누군가 침실로 들어왔다. 낯선 존재 같았다. 올가 이바노브나가 깜짝 놀라 몸을 일으켰다. 코로스텔료프였다.

"몇 시죠?" 올가 이바노브나가 물었다.

"세 시가 다 되었습니다."

"무슨 일로?"

"무슨 일이냐고요? 끝나간다는 말씀을 드리러…….'
말을 맺지 못한 채 흐느낌이 터져 나왔고 의사는 침대에 앉아 소매로 눈물을 닦았다.

한동안 멍하니 있던 올가 이바노브나는 갑자기 온몸이 차가워지는 것을 느끼고 천천히 성호를 긋기 시작했다.

"끝나갑니다……." 의사가 가는 목소리로 되풀이해 말하더니 다시 흐느꼈다. "자기를 희생한 탓에 죽어가고 있어요. 이 얼마나 큰 학문적 손실인지! 우리 모두를 합쳐도 견줄 수 없는 위대하고 비범한 인물이었습니다! 얼마나 뛰어난 사람이었는지! 얼마나 큰 기대를 안겨주었는지!" 코로스텔료프는 서글프게 말하며 손마디를 꺾었다. "그런 학자는 이제 두 번 다시 없을 겁니다. 오시프 디모프, 오시프 디모프, 이렇게 허망하게 가다니! 오, 하느님!"

코로스텔료프는 절망감에 두 손으로 얼굴을 감싸쥐고 고개를 저었다.

"인간적으로도 대단했지! 선량하고 깨끗하고 사랑이 넘쳤어. 사람이 아니라 유리 같았다니까! 학문을 위해 봉사하다가 그 학문 때문에 죽는군." 그의 말투는 갈수록 누군가를 비난하는 식으로 바뀌었다. "소처럼 밤낮으로 일했지만 아무도 그를 소중히 여겨주지 않았어. 젊은 학자, 미래의 교수가 진료 일거리를 찾아다니고 밤마다 번역을 해야만 했어. 이따위 형편없는 넝마조각 사들일 돈을 버느라고!"

그는 증오의 눈빛으로 올가 이바노브나를 바라보았고 두 손으로 침대 시트를 잡더니 시트가 죄를 짓기라도 한 듯 북북 찢었다.

"그 스스로도 자신을 소중히 여기지 않았어. 남들도

그를 소중히 여기지 않았고. 아, 어떻게 그럴 수가!"

"맞아, 보기 드문 사람이었어!" 거실에서 누군가 낮은 소리로 응수했다.

올가 이바노브나는 남편과 보낸 날들을 처음부터 끝까지 세세히 돌이켜보았다. 그가 정말로 비범하고 드문 사람이라는 것, 자기가 아는 다른 이들과 비교했을 때 위대한 인물이라는 것을 갑자기 깨달았다. 돌아가신 자기 아버지, 그리고 모든 동료 의사들이 남편을 어떻게 대했는지 생각하자 그게 다 장래의 유명 인사를 향한 기대였음이 분명해졌다. 주변의 벽, 천장, 램프, 바닥의 양탄자가 자신을 비웃듯 흔들렸다. "코앞의 유명 인사를 놓쳤군! 기회는 지나갔어!"라고 떠들어대는 것 같았다. 올가 이바노브나는 흐느껴 울며 침실에서 거실로 달려 나갔다. 모르는 사람 곁을 지나쳐 서재의 남편 곁으로 뛰어 들어갔다. 허리까지 담요를 덮고 소파에 꼼짝 안 하고 누운 그의 얼굴은 무섭게 여위었고 산 사람한테서는 절대로 볼 수 없는 누런 납빛을 하고 있었다. 이마, 검은 눈썹, 낯익은 미소만이 그가 디모프라는 것을 알아보게 했다. 올가 이바노브나는 급히 남편의 가슴, 이마와 손을 만져보았다. 가슴은 아직 따뜻했지만 이마와 손은 오싹할 정도로 차가웠다. 반쯤 뜬 눈은 아내가 아닌 담요를 보고 있었다.

"디모프!" 올가 이바노브나가 큰 소리로 불렀다. "디모프!"

설명하고 싶었다. 실수가 있었다고, 하지만 모든 걸 잃어버린 것은 아니라고, 멋지고 행복하게 살 기회가 아직 남았다고, 당신은 그 누구보다도 귀하고 위대한 사람이라고, 이제 남은 평생 당신만을 존경하고 경외하면서 살겠다고…….

"디모프! 디모프, 제발!" 올가 이바노브나가 남편의 어깨를 잡고 흔들었다. 이제 두 번 다시 깨어나지 못한다는 걸 도저히 믿을 수가 없었다.

거실에서는 코로스텔료프가 하녀에게 말하는 중이었다. "물어볼 게 뭐 있어요? 교회지기한테 가서 사람을 찾아달라고 해요. 시신을 씻기고 운반하고, 필요한 일들을 맡아줄 사람 말이오."

—1892

○

상자 속의 사나이

미로노시츠코예 마을 제일 끝에 있는 프로코피 이장의 헛간에서 사냥꾼들이 하룻밤을 보내게 되었다. 모두 두 사람으로 수의사인 이반 이바니치와 중학교 교사 부르킨이었다. 이반 이바니치의 성은 침샤-기말라이스키였는데 괴상한 형태의 성이 두 개나 연결된 그 이름은 그에게 전혀 어울리지 않았고 그래서 평소 이반 이바니치라고만 불렸다. 도시 근교 말 사육장에 사는 그는 맑은 공기를 쐬려고 사냥에 나선 참이었다. 교사 부르킨은 여름마다 P 백작 댁에 머물렀으므로 이 고장 사람이나 다름없었다.

둘은 잠을 이루지 못했다. 키가 크고 깡마른 체구에 콧수염을 길게 기른 이반 이바니치는 헛간 입구 바깥쪽에 앉아 파이프 담배를 피웠다. 달빛이 그 모습을 환하게 비추었다. 안쪽 건초더미 위에 누운 부르킨의 모습은 어두워서 잘 보이지 않았다.

이런저런 얘기가 이어졌다. 이장 아내인 마브라도 화제에 올랐다. 건강하고 꽤 영리한 여자지만 평생 고향 마을을 떠나본 적 없고 도시도, 철도도 보지 못했을 뿐 아니라 십 년 전부터는 늘 벽난로에 붙어 앉아 있다가 밤에만 바깥으로 나온다고 했다.

"뭐, 놀랄 일도 아니지요." 부르킨이 말했다. "세상에는 소라게나 달팽이처럼 자기 껍질 속으로만 숨어들려 애쓰는 사람들이 적지 않으니까요. 이건 인류의 선조가 아직 사회적 동물이 되지 못해 각자 자기 굴속에 틀어박혀 지내던 시대로 되돌아가는 현상일지 모릅니다. 또 어쩌면 그저 인간의 다양한 특징 중 하나일 수도 있지요. 누가 알겠습니까? 저는 자연과학자도 아니고 그런 문제를 다루는 직업에 종사하는 사람도 아닙니다만, 어떻든 마브라 같은 사람이 드물지 않다는 말씀을 드리려는 겁니다. 뭐, 멀리서 찾을 필요도 없습니다. 두어 달 전에 우리 도시에서 벨리코프라는 사람이 죽었어요. 희랍어 선생으로 제 동료였지요. 분명 그 사람 얘기를 들어보셨을 겁니다. 날씨가 아주 좋을 때도 솜을 넣은 두툼한 외투

에 방수덧신을 신고 우산을 챙겨 다녔기 때문에 남들의
이목을 끄는 사람이었습니다. 우산은 기다란 주머니 속
에, 시계는 회색 가죽 주머니 속에 넣고 연필을 깎으려고
칼을 꺼내는 걸 보면, 글쎄 그 칼까지도 작은 주머니 속
에 넣고 다니더군요. 늘 외투 깃을 세워 그 속에 얼굴을
파묻고 있기 때문에 얼굴 역시 주머니 속에 들어가 있는
것처럼 보일 정도랍니다. 색안경을 끼고 털스웨터를 입
은 데다가 귀는 솜으로 틀어막기까지 했죠. 마차를 타면
커튼을 꽁꽁 닫게끔 했어요. 한마디로 그 사람은 외부의
영향을 차단하고 자신을 고스란히 유지하도록 해주는
보호막, 그러니까 상자 안으로 들어가려 악착같이 노력
했습니다. 현실은 그를 화나고 불안하게, 두렵게 만들었
어요. 언제나 과거, 그것도 결코 존재한 적 없던 무언가
를 찬양했던 것도 아마 자신의 나약함과 현실도피 성향
을 정당화하기 위해서였을 겁니다. 그가 가르쳤던 희랍
어 또한 방수덧신이나 우산처럼 현실을 회피하는 방법
이 되었습니다.

'아, 희랍어는 얼마나 듣기 좋고 아름다운 말인가!'
그는 황홀한 표정으로 말하곤 했습니다. 그리고 자기 말
을 증명이라도 하려는 듯 실눈을 뜨고 손가락 하나를 세
운 채 '안트로포스(인간이라는 뜻)'라는 발음을 해 보였
어요.

벨리코프는 자기 생각마저도 상자 속에 가둬두려

했어요. 그가 보기에 명백해 보이는 것은 무언가를 금지한다는 공고나 기사뿐이었습니다. 저녁 아홉 시 이후 학생들의 외출을 금지한다는 공고나 육체적 사랑을 금지한다는 식의 기사가 나오면 더 이상 말을 보탤 필요 없이 분명하다고 생각했습니다. 금지되었으니 그것으로 그만이라는 거죠. 반면 허용이나 허가 같은 말에는 무언가 미심쩍고 불분명하게 흐릿한 부분이 있다고 여겼습니다. 연극동호회나 독서실, 다방이 허가되었다고 하면 고개를 가볍게 저으며 조용히 말했습니다. '뭐, 물론 좋은 일이긴 하지만, 그래도 별일 없어야 할 텐데 말이야.'

규칙을 어기고 위반하는 행동이라면 어떤 종류든 그를 우울하게 만들었지요. 그와 별 상관없는 일이라 해도 말입니다. 동료 중 누가 미사 시간에 늦었다든가 학생들이 못된 장난을 했다는 소문이 돈다거나 숙녀가 밤늦게 장교와 어울리는 모습이 목격되었다든가 하면 그는 몹시 불안해하며 별일 없어야 한다는 말을 반복했습니다. 교직원 회의에서도 그는 특유의 자잘한 걱정과 의심, 꽉 막힌 사고방식으로 동료들을 괴롭혔습니다. 남녀 학생들이 제대로 규칙을 지키지 않고 교실에서 너무 떠들어댄다면서 '위에까지 얘기가 들어가지 않아야 할 텐데, 별일 없어야 할 텐데'라고 중얼거리는 식이었습니다. 또 2학년에서는 페트로프를, 4학년에서는 예고로프를 제적시키면 정말 좋겠다고 했습니다. 그러니 어쩌겠습니까? 작고 창백한, 그래요, 정말 족제비처럼 얼굴이 작았답니다. 그 얼굴이 색안경 너머로 저희를 바라보며 땅이 꺼지도록 한숨을 쉬고 투덜거리는 바람에 결국 저희는 두 손 두 발 다 들어버렸습니다. 두 학생의 품행 점수를 깎고 가두어두었다가 결국은 제적시키고 말았지요. 그 사람한테는 동료들 집을 차례로 방문하는 괴상한 습관도 있었어요. 남의 집에 들어가서는 마치 무언가 관찰이라도 하려는 듯 말없이 자리에 앉아 있는 겁니다. 한시간쯤 그렇게 말없이 앉아 있다가 가죠. 그의 말에 따르면 '동료들과 좋은 관계를 유지하기 위한' 행동이랍니다. 그렇게 방문해서 우두커니 앉아 있다 가는 건 그 사람한테도 분명 힘든 일이었을 겁니다. 그럼에도 그렇게 하는 것이 동료로서의 의무라고 여겼기 때문에 계속했던 거예요. 우리 동료 교사들은 그를 무서워했습니다. 교장 선생님까지도 무서워했을 정도였다니까요. 아시다시피 우리 교사들은 투르게네프나 셰드린 같은 문학가들의 가르침을 새기고 있는 존재, 생각도 깊고 점잖은 사람들 아닙니까? 하지만 늘 방수덧신을 신고 우산을 들고 다니는 이 사람이 자그마치 15년 동안 학교를 멋대로 주물러댔던 셈입니다! 아니, 학교만이 아니라 도시 전체가 그러했습니다! 부인들은 토요일에도 집에서 연극 공연을 올리지 못했습니다. 그가 알까 봐 걱정스러워서요. 성직자들도 그가 보는 데서는 고기를 먹는다거나 카드놀이를 하지 못했어요. 벨리코프 같은 사람 때문에 지난 10년, 15년 동안 우리 도시에서는 모든 것이 두려운 일이 되어 버렸습니다. 큰 소리로 떠드는 것도, 편지를 보내는 것도, 서로 아는 사이가 되는 것도, 책을 읽는 것도, 심지어는 가난한 사람을 돕거나 글을 가르치는 것조차 말입니다……."

이반 이바니치는 무슨 말을 하려다가 기침을 했고 일단 파이프 담배부터 피우면서 달을 올려다보았다. 그러더니 띄엄띄엄 천천히 말하기 시작했다. "그렇군요. 생각이 깊고 점잖은 이들이, 셰드린과 투르게네프, 더 나아가 영국 역사가 버클까지 읽은 이들이 그렇게 꼼짝 못하고 참았다는 것이군요…… 허, 참."

"벨리코프는 저와 같은 건물에 살았습니다." 부르킨이 말을 이었다. "같은 층에서 마주 보는 집이었죠. 자주 볼 수밖에 없었고 그의 집 안에서의 생활까지 알게 되었습니다. 집에서조차 그는 똑같았어요. 실내복에 수면 모자를 쓰고 덧문에 빗장을 걸었지요. '별일 없어야 할 텐데'라고 중얼거리는 것도요! 해서는 안 되는 일들 천지였어요. 사순절을 지켜 검소하게 먹자니 건강에 해로울 것 같고 그렇다고 고기를 먹었다가는 사순절을 지키지 않는다고 비난받을 게 걱정이었죠. 그래서 그는 사순절 식단도 아니지만 육식이라고도 할 수 없는 버터 생선요리 같은 걸 먹었어요. 처신 얘기가 나오지 않게끔 여자

하인을 쓰지 않았고 예순 살쯤 된 아파나시를 요리사로 고용했어요. 답답하고 미련한 영감인데 당번병 출신이라 그럭저럭 요리를 할 줄 알았답니다. 아파나시는 늘 문간에 팔짱을 끼고 기대서서 한숨을 쉬며 똑같은 말을 중얼거리곤 했어요. '요즘엔 저런 사람이 아주 많단 말이야!'

벨리코프의 침실은 정말 상자처럼 아주 작았어요. 침대에는 휘장이 쳐져 있었지요. 누울 때는 머리끝까지 이불을 뒤집어썼고요. 얼마나 덥고 답답했겠어요. 바람이 불어 닫힌 문이 덜컹거리고 벽난로에서 윙윙 바람 소리가 나고 부엌에서는 아파나시 영감의 불길한 한숨 소리가 울리는데 말이죠……

벨리코프는 이불 속에서도 무서워했어요. 무슨 일이 생기지 않을까, 아파나시 영감이 자기를 해치지 않을까, 도둑이 들지는 않을까, 온갖 걱정으로 밤새 악몽에 시달린 후 아침이 되어 저와 함께 학교로 출근할 때면 늘 우울하고 창백한 얼굴을 하고 있었어요. 항상 사람이 북적거리는 학교에 가야 한다는 것도 그와 전혀 맞지 않는 싫은 일이었을 거예요. 저랑 함께 걸어간다는 것도 외톨이 체질인 그 사람한테는 힘들었을 테고요.

'교실은 벌써 소란스럽겠죠.' 그는 우울한 기분의 이유를 찾으려는 듯 말하곤 했죠. '그런 난리 통은 다시 없을 거예요.'

그런데 이 희랍어 선생, 상자 속의 사나이가 장가를

들 뻔한 일이 있었답니다! 상상이 가세요?"

이반 이바니치가 흠칫 놀라 헛간 안을 들여다보면서 말했다. "설마요? 농담이죠?"

"정말이랍니다. 참으로 이상하지만 정말로 장가를 들 뻔했어요. 미하일 사비치 코발렌코라고 역사와 지리 담당 교사가 부임했을 때죠. 우크라이나 사람이었어요. 혼자 온 것이 아니라 바렌카라는 누이를 데려왔답니다. 코발렌코 선생은 젊고 키가 크며 피부가 거무스름하고 손이 큼직한데다가 목소리는 마치 나무 물통을 두드리는 것처럼 굵고 낮았어요. 그 누나는 벌써 서른 살이라 젊다고는 할 수 없었지만 키가 크고 몸매가 좋으며 눈썹이 짙고 뺨이 발그레했답니다. 신나게 떠들고 늘 우크라이나 노래를 흥얼거리며 명랑하게 깔깔대는 붙임성 좋은 사람이었죠. 별일 아닌 일에도 웃음보를 터트리기 일쑤였어요. 우리가 처음으로 코발렌코 선생 남매를 만난 것은 교장 댁에서 있었던 명명일이름을 따온 축일로 생일만큼 중요함 축하 모임에서였답니다. 예의상 마지못해 얼굴을 내민 지루하고 무뚝뚝한 선생들 사이에서 바렌카는 갑자기 나타난 여신과도 같았어요. 두 손을 허리 양쪽에 올린 채 맵시 좋게 걸어 다니고 깔깔 웃어대고 노래하고 춤추고……. 〈바람이 부네〉라는 노래에 이어 로망스도 불렀는데 모두들 반해버릴 만큼 멋진 솜씨였어요. 벨리코프조차도 감탄했죠. 그는 바렌카 곁에 앉아 다정하게 미소

지으며 말했습니다. '우크라이나어는 부드럽고 또 발음도 듣기 좋은 것이 희랍어와 비슷하군요.'

그러자 바렌카는 가댜츠키 지역에 농장이 있고 거기 어머니가 살고 계시며 거기서 나오는 배, 멜론, 호박이 얼마나 훌륭한지 설명했죠. 우크라이나에서는 호박을 카바크라 부르고 우리의 카바크^{선술집이라는 뜻는} 시노크라고 한다는 둥, 비트와 가지 등을 넣고 끓인 우크라이나식 수프는 정말이지 어쩜 그렇게 맛있는지 모른다는 둥 얘기가 이어졌지요.

우리는 시간 가는 줄 모르고 듣다가 갑자기 모두 똑같은 생각을 하게 되었습니다.

'저 두 사람을 결혼시키면 좋겠네요.' 교장 사모님이 작은 소리로 제게 말했죠.

갑자기 모두들 벨리코프가 미혼이라는 걸 기억해낸 거예요. 그의 삶에서 그토록 중요한 부분을 어째서 그때까지 아무도 알아차리지 못하고 무심코 넘겨버렸는지 참으로 이상했습니다. 벨리코프가 여자에 대해 어떻게 생각하는지, 결혼이라는 인생의 중대사를 어떻게 할 작정인지에 대해 전혀 관심을 두지 않았던 것이죠. 날씨가 어떻든 방수덧신을 신어야 하고 휘장을 꽁꽁 내리고 잠자는 사람이 사랑을 할 수 있으리라는 생각을 아무도 하지 못했기 때문인지도 모르죠.

'벨리코프 선생은 마흔이 한참 넘었고 바르카는 서

른이라니까 두 사람이 잘 맞는 짝이 될 것 같아요.' 교장 사모님이 덧붙였습니다.

워낙 지루한 곳이어서 그런지 우리 고장에서는 필요하지도 않은 시시한 일들에 얼마나 관심이 많은지 모릅니다! 아마 필요한 일은 전혀 하지 않기 때문일 겁니다. 그전까지는 벨리코프가 결혼해서 사는 모습을 상상조차 하지 않다가 갑자기 그를 결혼시키려고 나설 이유가 어디 있겠어요? 교장 사모님, 교감 사모님, 모든 여교사가 돌연 생기가 돌았고 아름다워지기까지 하더군요. 인생의 목적을 찾아내기라도 한 것 같았죠. 그다음부터는 교장 사모님이 극장 특별석에 앉았다 싶으면 그 옆에 멋진 부채를 든 바렌카의 환하고 행복한 얼굴이 보이고 다시 그 옆에는 집에서 억지로 끌려 나온 게 분명해 보이는 벨리코프의 잔뜩 웅크린 모습이 보였습니다. 저녁 모임을 연다고 하면 부인들이 반드시 벨리코프와 바렌카를 초대해야 한다고 야단이었고요. 한마디로 엔진이 가동을 시작했던 겁니다. 알고 보니 바렌카 역시 결혼하고픈 마음이 있더군요. 남동생한테 얹혀사는 처지가 뭐 그렇게 좋겠어요. 더군다나 매일같이 말다툼을 벌이는 상황이었습니다. 남매가 싸우는 모습은 이랬지요. 키 크고 체격 좋은 코발렌코 선생이 수놓은 셔츠를 입고 앞머리가 이마 위에 내려오도록 모자를 쓴 채 거리를 걸어가지요. 한 손에는 책을 여러 권 들고 다른 손에는 옹이 진

굵은 지팡이를 든 채로요. 그 뒤로 책을 든 누나가 따라 갑니다.

'그런데 넌 이 책들을 읽지 않았잖니?' 바렌카가 큰 소리로 따져 묻습니다. '내가 보기엔 분명히 하나도 안 읽었다고!'

'무슨 소리야! 읽었다니까!' 코발렌코 선생은 지팡이로 보도를 내리치면서 외치죠.

'깜짝이야, 왜 화를 내고 그래? 별것도 아닌 일을 가지고.'

'분명히 읽었다고!' 코발렌코 선생은 더 큰 소리로 고함을 지릅니다.

집에서도 마치 남남인 것처럼 싸움을 벌이곤 했습니다. 당연히 그런 삶에 진저리가 났을 테고 자기 가정을 갖고 싶었겠죠. 나이도 고려해야 했습니다. 결혼 상대를 자기가 고른다는 건 언감생심이었고 누구든 적당한 사람, 심지어는 희랍어 선생이라도 마다할 수 없었죠. 사실 상대가 누가 됐든 결혼만 하면 된다고 하는 아가씨들이 얼마나 많습니까? 어쨌든 바렌카는 우리 벨리코프에게 분명히 호감을 드러내기 시작했습니다.

벨리코프는 어땠냐고요? 동료 선생들 집을 방문하듯 코발렌코 선생네도 찾아갔지요. 가서는 말없이 앉아 있었습니다. 그런 벨리코프 앞에서 바렌카는 〈바람이 부네〉를 불러주기도, 생각에 잠겨 검은 눈으로 그를 가만히 바라보기도 하다가 갑자기 하하하 웃어대기도 했어요.

연애, 특히 결혼 문제에 있어서는 남들의 조언이 큰 역할을 하는 법이지요. 동료 교사와 부인들은 하나같이 벨리코프를 붙잡고 꼭 결혼을 해야 한다느니, 인생에서 남은 일은 이제 결혼뿐이라느니 하며 설득해댔답니다. 우리들은 축하인사를 건네기도 하고 엄숙한 표정으로 결혼은 가장 중요한 결정이라는 식의 쓸데없는 소리를 늘어놓기도 했지요. 바렌카에 대한 칭찬도 잊지 않았습니다. 외모도 좋고 재미있는 데다가 관리 집안 따님이고 농장도 있으며 벨리코프에게 상냥하게 대하고 진심을 다하는 첫 번째 여자니 신붓감으로 손색이 없다고요. 벨리코프는 머리가 혼란스러워졌고 결국 결혼을 해야겠다고 결심하게 되었답니다."

"방수덧신과 우산을 드디어 내버리게 된 것이군요?" 이반 이바니치가 물었다.

"그렇게 되지는 못했답니다. 벨리코프는 책상 위에 바렌카의 초상화를 올려두었고 틈만 나면 제게 찾아와 바렌카에 대해, 가정생활에 대해, 결혼의 중요성에 대해 말했어요. 코발렌코 선생 집에도 자주 갔지만 사는 모습은 전혀 달라지지 않았어요. 아니, 결혼 결심이 뭔가 병적인 것에 영향이라도 준 듯 오히려 더 여위고 창백해진 채 자기 상자 속으로 더 깊숙이 들어가 버렸습니다.

'저도 바렌카 양이 마음에 듭니다. 또 누구나 결혼

해야 한다는 것도 알고요. 하지만······' 벨리코프는 희미하게 미소를 띠며 저한테 말했죠. '너무 갑자기 일어난 일이라서요. 생각을 좀 해봐야겠어요.'

'생각할 게 뭐 있답니까?' 전 말했죠. '그냥 결혼하면 되는 겁니다.'

'아닙니다. 결혼은 정말 중요한 일이니 닥쳐올 책임과 의무 등에 대해 신중히 생각해봐야 해요. 그래야 나중에 별일 없을 테니까요. 마음이 너무 불안해서인지 요즘은 밤새도록 잠을 자지 못합니다. 솔직히 두렵습니다. 코발렌코 남매는 사고방식이 좀 이상하잖아요. 판단하는 것도 독특하고 아시다시피 성격도 너무 적극적이지요. 덜컥 결혼했다가 그다음에 무슨 일이 벌어질지 누가 압니까.'

그리하여 벨리코프는 청혼을 못 하고 질질 시간만 끌었고 교장 사모님과 부인들은 크게 실망했습니다. 그래도 그는 계속 미래의 의무와 책임을 고민하면서 매일 바렌카를 만났습니다. 그 상황에서는 아마 그렇게 해야만 한다고 생각했던 모양입니다. 그리고 가정생활에 대해 이야기하기 위해 저를 찾아왔지요. 결국에는 벨리코프가 청혼을 해 불필요하고 멍청한 또 하나의 결혼이 성사되는 것으로 끝날 것만 같았습니다. 그저 지루해서, 또달리 할 일이 없어서 다들 하고 마는 수많은 결혼들처럼 말입니다. 엄청난 사건이 일어나지만 않았다면 틀림없이 그랬을 겁니다. 여기서 먼저 말씀드려야 할 것은 바렌카의 남동생인 코발렌코 선생이 처음 만난 날부터 벨리코프를 끔찍하게 싫어하고 참지 못했다는 겁니다.

'도무지 이해가 안 갑니다.' 코발렌코 선생은 어깨를 으쓱하면서 말하곤 했어요. '저 괴짜, 혐오스러운 종자를 어떻게 참아내고 있는 거죠. 너무도 답답하고 불쾌한 분위기에요. 여기서 이렇게 살 수 있다는 게 신기합니다! 여러분이 정말로 학생을 가르치는 선생님들입니까? 다들 관료주의에 물들어 있어요. 학문의 전당이기보다는 풍기문란 단속반, 경찰지서 같단 말입니다. 전 여기에 잠시만 있다가 우크라이나로 돌아가렵니다. 거기서 새우도 잡고 아이들도 가르치려고요. 전 떠날 테니 여러분은 저 망할 놈의 유다 같은 인간과 잘 지내세요.'

혹은 눈물이 날 정도로 낄낄거리다가 두 팔을 벌리고 낮은 소리로, 아니면 가늘고 새된 소리로 묻곤 했습니다. '그 인간은 대체 왜 우리 집에 찾아오는 걸까요? 뭘 하려고? 가만히 관찰하려고요?'

심지어 벨리코프한테 거미라는 별명을 붙이기도 했어요. 그런 상황이니 누나 바렌카가 그 '거미'와 결혼을 하려고 한다는 얘기를 차마 할 수가 없었습니다. 어느 날 교장 사모님이 벨리코프처럼 존경받고 믿음직한 사람한테 누나를 시집보내는 것이 좋지 않겠냐고 넌지시 말하자 그는 얼굴을 찡그리면서 '제가 상관할 일이 아닙니다.

뭐, 원한다면 파충류하고도 결혼할 수 있는 거죠. 전 남의 일에 끼어드는 걸 좋아하지 않습니다'라고 대답했다고 하더군요.

자, 그다음에 어떤 일이 일어났는지 들어보십시오. 장난치기 좋아하는 누군가가 그림을 그렸답니다. 걷어 올린 바지 아래 방수덧신을 신고 우산을 쓴 벨리코프가 바렌카와 팔짱을 끼고 걸어가는 모습 아래 '사랑에 빠진 안트로포스'라고 쓰여 있었습니다. 정말이지 놀랄 정도로 딱 맞는 제목이 아닐 수 없었죠. 남학교와 여학교 선생들, 신학교 선생들과 관리들까지 모두 똑같은 그림을 한 장씩 받았으니 하룻밤 안에 금방 끝낼 수 있는 작업이 아니었을 겁니다. 벨리코프도 그림을 받았죠. 그리고 크나큰 충격을 받았습니다.

5월 1일 일요일, 우리는 함께 집을 나섰습니다. 교사와 학생 전원이 학교에 모였다가 교외 숲으로 소풍을 가기로 한 날이었습니다. 벨리코프는 얼굴이 새파랗게 질려 있었고 우울하기 짝이 없어 보였지요.

'이 얼마나 못되고 사악한 인간들인지요!' 벨리코프의 입술이 파르르 떨렸습니다.

저는 그가 불쌍해졌습니다. 함께 걸어가는데 갑자기 자전거를 탄 코발렌코 선생이 나타났어요. 그 뒤로 역시 자전거를 탄 바렌카도 있었습니다. 얼굴이 상기되고 약간 지친 듯했지만 명랑하고 즐거운 모습이었죠.

'저희가 앞서갈게요! 정말이지 어쩜 이렇게 날씨가 좋을까요! 대단해요!' 바렌카가 외쳤습니다.

두 사람은 그렇게 사라져갔습니다. 새파랗던 벨리코프 얼굴이 새하얗게 변했고 넋이 나간 듯 보이더군요. 그는 걸음을 멈추고 저를 쳐다보았습니다. '아니, 저게 대체 무슨 변고랍니까? 혹시 제가 잘못 보기라도 한 건가요? 중학교 선생이, 그리고 여자가 자전거를 타다니 가당키나 합니까?'

'안 될 건 또 뭐랍니까?' 제가 대답했죠. '건강에 좋으니 얼마든지 타도 괜찮지요.'

'어떻게 그럴 수가 있습니까?' 태연한 제 모습에 놀랐는지 벨리코프가 목소리를 높였습니다. '대체 무슨 말씀을 하시는 겁니까?'

그는 얼마나 놀랐는지 더 이상 가지 못하겠다면서 집으로 돌아갔습니다.

다음날 하루 종일 그는 두 손을 신경질적으로 비비며 몸을 떨었고 안색이 눈에 띄게 나빠 보였습니다. 난생처음으로 수업을 빼먹었고 식사도 하지 못했습니다. 저녁때가 되자 여름 날씨였음에도 따뜻하게 챙겨 입고 코발렌코 선생네로 찾아갔습니다. 바렌카가 집에 없었으므로 코발렌코 선생이 그를 맞았지요.

'어서 여기 앉으세요.' 코발렌코 선생은 냉랭하게 말하며 눈썹을 찌푸렸습니다. 식사 후 쉬려고 하던 참에 방해를 받아 기분이 좋지 않았고 피곤했던 거죠.

벨리코프는 10분 정도 말없이 앉아 있다가 입을 열었습니다. '마음의 짐을 덜고자 이렇게 왔습니다. 정말이지 너무도 힘이 듭니다. 어느 짓궂은 사람이 저, 그리고 우리 둘 다에게 가까운 한 여성을 우스꽝스러운 모습으로 그렸더군요. 제가 이 일과 아무 관련이 없다는 걸 분명히 밝혀야 할 것 같아서…… 저는 그런 장난질을 당할 만한 빌미를 전혀 주지 않았습니다. 그러기는커녕 늘 점잖게 처신해왔지요.'

코벨렌코 선생은 불쾌한 표정으로 계속 침묵했습니다. 벨리코프는 잠시 기다렸다가 조용하고 슬픈 목소리로 다시 말을 이었습니다. '또 말씀드릴 것이 있습니다. 저야 오랫동안 교편을 잡았지만 선생님은 이제 막 시작한 상황이니까요. 선배 교사로서 주의를 좀 드리고자 합니다. 어제 보니 자전거를 타시던데 그런 행동은 어린 학생들을 가르치는 사람에게 절대 어울리지 않습니다.'

'왜 그렇지요?' 코발렌코 선생이 낮은 목소리로 물었습니다.

'무슨 설명이 더 필요한가요? 정말로 몰라서 묻는 건가요? 교사가 자전거를 탄다면 학생들을 어떻게 통제할 수 있겠습니까. 물구나무를 서서 다닌다 해도 내버려둬야 할 게 아닙니까! 허락된 일이 아니라면 해서는 안 되는 겁니다. 전 어제 얼마나 놀랐는지 모릅니다. 누님을

봤을 때는 눈앞이 다 캄캄하더군요. 여성이 자전거를 타다니! 참으로 끔찍한 일입니다.'

'그래서 뭘 말하고 싶으신 거죠?'

'제가 원하는 건 딱 하나, 선생님께서 주의하시라는 겁니다. 아직 젊고 앞길이 창창하니 신중하게, 아주 신중하게 처신해야 합니다. 그런데 부주의하기 짝이 없더군요! 수놓은 셔츠 차림으로 책을 잔뜩 든 채 길거리에 나오더니 이제는 자전거까지 타다니요. 선생님 남매가 자전거를 타고 다닌다는 걸 교장 선생님이 안다면 곧 장학관님 귀에까지 들어갈 겁니다. 그래서 좋을 게 뭐가 있겠습니까?'

'저랑 누나가 자전거를 타는 건 남들이 상관할 바가 아닙니다!' 코발렌코 선생은 얼굴이 벌게졌습니다. '제 사생활이나 집안일에 간섭하는 사람이 있다면 혼쭐을 내주고 말 겁니다!'

벨리코프는 얼굴이 창백해져서 일어섰습니다. '그런 식으로 말씀하신다면 더 이상 할 말이 없습니다. 제가 있는 자리에서 상사들에 대해 그런 표현은 하지 말아주십사 부탁드립니다. 윗분들을 존경해야 하는 법입니다.'

'제가 윗분들에게 무슨 나쁜 소리라도 했습니까?' 코발렌코 선생이 상대를 노려보면서 물었습니다. '제발 절 괴롭히지 말아 주십시오. 전 정직한 사람이고 당신 같은 부류와는 말도 섞고 싶지 않습니다. 고자질이나 하는

놈은 딱 질색이거든요.'

벨리코프는 어찌할 바를 모르고 허둥대더니 서둘러 옷을 입기 시작했습니다. 경악을 금치 못하는 표정이었습니다. 그렇게 험한 소리를 들은 건 난생처음이었을 테니까요.

'좋을 대로 말씀하셔도 괜찮습니다만,' 그는 현관에서 계단참으로 나가면서 말했습니다. '분명히 말씀드리지요. 누군가 우리 이야기를 들었을지도 모릅니다. 혹시라도 내용이 와전되어 괜한 일이 생기지 않도록 교장 선생님께 우리 대화 내용을 보고해야 하겠습니다. 대략적인 내용을 말입니다. 전 그래야 할 의무가 있습니다.'

'보고한다고? 어디 마음대로 해보시오!'

코발렌코 선생은 상대의 뒤쪽 목깃을 잡더니 냅다 밀어버렸고 벨리코프는 요란스럽게 방수덧신 부딪치는 소리를 내면서 계단 아래로 굴러떨어졌습니다. 높고 가파른 계단이었지만 다행히 아래까지 무사히 굴러 내려갔지요. 그는 일어나서 코 주변을 만져보았습니다. 안경이 무사한지 확인하려고요. 그런데 그가 계단을 굴러 내려오던 바로 그 순간, 바렌카가 다른 두 부인과 건물 안으로 들어오던 참이었지 뭡니까! 세 사람은 아래쪽에 서서 그 꼴을 다 봐버렸죠. 벨리코프한테는 이게 가장 끔찍한 일이었습니다. 웃음거리가 되는 것보다는 차라리 목과 두 다리가 부러지는 편이 나았을 거라 생각했을 겁니다. 이제 온 도시가 다 알게 되겠지. 교장 선생님과 장학 관님 귀에까지 들어갈 테지. 아, 그럼 어떻게 되는 것일까? 새로운 그림이 뿌려지고 결국은 사표를 내고 그만두라는 지시가 내려오겠지…….

벨리코프가 일어섰을 때 바렌카는 비로소 그를 알아보았습니다. 우스꽝스러운 얼굴, 구겨진 외투, 방수덧신을 보자마자 영문도 모른 채, 아마도 부주의해서 넘어진 것이리라 짐작하고는 온 건물이 울릴 만큼 큰 소리로 웃어대기 시작했습니다. '하하하!'

시끄럽게 쩌렁쩌렁 울리는 그 웃음소리와 함께 모든 것이 끝나버렸습니다. 혼담도, 벨리코프의 이승에서의 삶도요. 그에게는 더 이상 바렌카의 말소리가 들리지 않았고 아무것도 보이지 않았습니다. 집으로 돌아온 벨리코프는 일단 초상화부터 치운 후 자리에 누워버렸고 다시는 일어나지 못했습니다.

이틀 후 아파나시 영감이 저한테 찾아와 의사를 불러와야 하지 않겠느냐고, 아무래도 상태가 심상치 않다고 하더군요. 제가 가보니 벨리코프는 담요를 뒤집어쓰고 말없이 누워 있었어요. 뭘 물어봐도 '네' 아니면 '아니요'라고만 할 뿐 한마디도 하지 않았습니다. 어두운 표정으로 얼굴을 찌푸린 아파나시 영감이 한숨을 내쉬며 침대 주변을 서성거렸습니다. 술독에서 빠져나오기라도 한 듯 술 냄새가 지독했고요.

한 달 후 벨리코프는 죽었습니다. 남녀 중학교와 신학교 선생들이 다들 모여 장례를 치렀지요. 관에 누운 그의 표정은 온순하고 편안했으며 심지어 행복해 보이기까지 했습니다. 이제는 영원히 상자 안에 들어가 있게 되었으니 정말 기쁘다는 듯이요. 마침내 이상향에 도달했던 거죠! 그를 추모하듯 잔뜩 흐리고 비가 내렸으므로 우리 모두 방수덧신을 신고 우산을 쓰고 있었습니다. 바렌카도 참석했는데 관이 무덤 안에 들어가자 울음을 터뜨렸습니다. 우크라이나 여자는 엉엉 울거나 깔깔 웃거나 둘 중 하나지 중간 상태는 없는 모양인가 봅니다.

솔직히 벨리코프 같은 사람의 장례를 치르는 건 아주 기쁜 일이었습니다. 그래도 묘지에서 돌아올 때 우리 모두 경건하고 엄숙한 모습이었죠. 기쁜 감정을 아무한테도 드러내고 싶진 않았으니까요. 그 감정은 오래전 어린 시절에 어른들이 집을 비워 우리가 몇 시간 더 밖에서 놀 수 있게 됐을 때, 벅찬 자유를 만끽하게 됐을 때 느꼈던 바로 그것이었습니다. 아, 자유다, 자유! 자유란 살짝 암시만 하거나 실낱같은 희망만 있더라도 영혼에 날개를 달아주는 그런 것이 아닙니까?

그렇게 기분 좋게 묘지에서 돌아왔습니다만 채 한주가 지나기도 전에 삶은 이전과 똑같이 단조롭고 힘겨우며 무의미하게 흘러갔습니다. 공식적으로 금지된 건아니지만, 그렇다고 허락된 것도 아닌 그런 생활이요. 전보다 나아진 것은 없었습니다. 벨리코프는 사라졌지만 상자 속에 들어가 있는 그런 사람이 사실 얼마나 많습니까?"

"그렇지요." 이반 이바니치가 다시 파이프 담배를 피우기 시작했다.

"앞으로도 무수히 많을 겁니다!" 부르킨이 다시 말했다.

부르킨은 헛간 밖으로 나갔다. 중키에 뚱뚱하고 머리는 완전히 벗겨진데다가 검은 턱수염이 거의 허리께까지 내려오는 사람이었다. 사냥개 두 마리도 따라 나왔다.

"아, 달이 밝군요!" 그가 하늘을 올려다보며 감탄했다.

벌써 자정이었다. 오른편으로 마을 전체가, 그리고 5킬로미터도 넘을 정도로 길게 뻗은 길이 보였다. 모든 것이 고요히 깊은 잠에 빠져 있었다. 움직임 하나, 소리 하나 없어 자연이 이토록 조용할 수 있다는 게 믿기지 않을 정도였다. 달 밝은 밤에 넓은 시골길과 오두막집들, 건초더미, 잠든 버드나무를 바라보면 마음도 고요해지는 법이다. 그 어둠의 장막 속에 고통이나 근심, 슬픔이 가려지면 소박하고 서글프지만 아름다운 마음이 된다. 별들도 다정하고 자애롭게 그 마음을 내려다보는 듯, 세상의 악이란 악은 다 사라지고 모든 것이 평화로운 듯 느꺼진다. 왼편으로는 마을 끝부터 시작된 평야가 지평선까지 넓게 펼쳐졌는데 이 역시 달빛을 받아 빛났고 움직임 하나, 소리 하나 없기는 마찬가지였다.

"그렇지요." 이반 이바니치도 다시 말했다. "우리가 좁고 답답한 도시에 살면서 쓸모없는 서류를 작성하고 카드놀이를 하는 것, 이 역시 상자 속 삶이 아닐까요? 할 일 없는 사람들, 걸핏하면 시비를 거는 사람들, 멍청하고 게으른 여자들 틈에서 온갖 시시한 소리를 하고 들으면서 평생 살아가는 것, 이것이 바로 상자 속 삶 아닐까요? 괜찮으시다면 이번에는 제가 교훈적인 얘기를 하나 들려드릴까 합니다만."

"이제 잘 시간이라서요. 내일로 미루지요." 부르킨이 말했다.

두 사람은 헛간에 들어가 건초 위에 누웠다. 담요를 덮고 막 잠이 들려는 순간 사각사각하는 가벼운 발걸음 소리가 들렸다. 누군가 헛간 근처를 지나가고 있었다. 얼마간 이어지던 소리는 잠시 멈추더니 5분쯤 지나 다시 사각거리기 시작했다. 개들이 으르렁거렸다.

"마브라가 나왔군요." 부르킨이 말했다.

발걸음 소리가 조용해졌다.

"사람들이 거짓말하는 것을 그저 보고 듣다 보면 결국 그런 거짓을 참아주는 바보라는 말을 듣게 되죠." 이반 이바니치가 돌아누우며 말했다. "모욕과 멸시를 참아내는 것, 자기가 양심적이고 자유로운 인간들 편이라고 당당히 밝히지 못하는 것, 자기 자신까지 속이면서 미소 짓는 것, 이 모두가 빵 한 조각과 따뜻한 잠자리, 아무 가치 없는 지위 때문 아닙니까. 아니, 더 이상 그렇게 살아서는 안 되는 겁니다!"

"아, 다른 이야기를 시작하시려는 거군요, 이반 이바니치." 부르킨이 말했다. "이제 잡시다."

10분쯤 지나자 부르킨은 벌써 잠들었다. 하지만 이반 이바니치는 계속 뒤척거리며 한숨을 쉬더니 결국 일어나 바깥으로 나갔고 문가에 앉아 담배를 피우기 시작했다.

—1898

개를 데리고 다니는 부인

1

　　　　　해변에 새 인물, 그러니까 개
를 데리고 다니는 부인이 나타났다고 했다. 얄타에서 이
미 두 주를 보내 여기 생활에 익숙해진 드미트리 드미트
리치 구로프 역시 새로운 인물에게 관심을 보이게 된 터
였다. 구로프는 자그마한 키에 금발인 젊은 부인이 베레
모를 쓰고 해변을 걸어가는 모습을 베르네 정자에서 내
려다보았다. 하얀 스피츠가 부인 뒤를 따라다녔다.

　　그 후 시 공원과 네거리 광장에서도 하루에 몇 번씩
부인을 볼 수 있었다. 매번 똑같은 베레모를 쓰고 혼자서

하얀 스피츠를 데리고 걸어 다녔다. 부인이 누구인지 아는 사람은 아무도 없었고 그래서 그저 개를 데리고 다니는 부인이라고 불렀다.

'남편도, 지인도 없이 혼자 지내는 부인이라면 알고 지내도 나쁘지 않겠는걸.' 구로프는 생각했다.

그는 채 마흔이 되지 않았지만 벌써 열두 살 난 딸과 학교에 다니는 아들 둘이 있었다. 부모의 뜻에 따라 대학 2학년 때 일찌감치 결혼했고 아내는 남편보다 20년은 더 늙어 보였다. 아내는 키가 크고 당당한 체구에 눈썹이 짙었다. 거만한 성품에 스스로 지식인이라 자부하며 책을 많이 읽고 글을 쓸 때는 최신 철자법을 지켜 쓰려 노력했다. 남편을 부를 때는 드미트리가 아니라 디미트리라고 고어古語식으로 발음했다. 구로프는 속으로 아내가 무식하고 편협하며 천박한 여자라고 생각했지만 그러면서도 아내를 두려워해 집에 있기 싫어했다. 바람을 피우기 시작한 것은 이미 오래전부터였다. 여자들 얘기가 나오면 늘 "저급한 종족!"이라고 몰아붙이며 부정적으로 바라보는 이유도 아마 여기 있을 것이다.

여자들을 멋대로 깎아내려도 될 만큼 쓴맛을 충분히 봤다고 여기면서도 사실 그는 그 '저급한 종족' 없이는 단 하루도 살 수 없는 위인이었다. 남자들끼리 모이면 지루하고 불편했으며 대화를 이어 가기도 어려웠다. 반면 여자들과 있을 때는 편안해져서 무슨 말을 하면 좋을지,

어떻게 처신해야 할지가 분명해졌다. 심지어 침묵이 흘러도 힘들지 않았다. 그의 외모, 성격, 타고난 기질에 무언가 매력이 있는 모양인지 그는 늘 여자들의 관심을 한몸에 받았다. 그도 이 점을 잘 알았고 자신 또한 홀린 듯 여자들에게 빠지곤 했다.

여러 차례 쓰디쓴 경험을 통해 그는 이미 오래전에 깨달은 바가 있었다. 여자와 가까워지는 것이 처음에는 인생을 다채롭게 만드는 다정하고 가벼운 모험이 되지만, 점잖은 사람, 특히 행동이 굼뜨고 우유부단한 모스크바 남자들에게는 결국 아주 복잡한 골칫거리로 변해 곤경에 빠지게 된다는 점이었다. 하지만 흥미로운 여인과 새로 만나게 될 때면 이 깨달음은 어느새 기억에서 사라지고 삶의 욕구가 샘솟으며 모든 것이 참으로 단순하고 즐거워졌다.

어느 날 저녁 무렵 그가 식당의 정원에서 식사하고 있는데 베레모를 쓴 부인이 천천히 걸어와 옆 테이블로 향했다. 표정, 걸음걸이, 옷차림과 머리 모양으로 볼 때 상류층 기혼 여성이라는 것, 얄타에 처음 왔다는 것, 혼자서 지루한 시간을 보내고 있는 것이 분명했…… 이 지역의 자유분방함에 대한 이야기에는 와전된 것이 많았고 그런 이야기는 할 수만 있다면 기꺼이 죄악에 빠지려는 이들이 만들어낸 것뿐이라고 경멸해온 구로프였지만 그럼에도 불과 세 걸음 거리의 테이블에 부인이 자리를 잡자 여자의 마음을 가볍게 얻어내 산지를 함께 여행하는 이야기, 성도 이름도 모르는 미지의 여인과 금세 관계를 맺었다가 헤어질 수 있다는 유혹적인 생각이 갑자기 머리를 가득 채웠다.

그는 부드럽게 스피츠를 불렀고 개가 다가오자 손가락으로 위협하는 시늉을 했다. 개가 으르렁거렸다. 구로프도 다시 위협했다.

부인이 그를 한번 쳐다보고는 바로 시선을 내리깔았다. "안 물어요." 어느새 얼굴이 홍당무가 됐다.

"뼈를 줘도 됩니까?" 부인이 괜찮다고 고개를 끄덕였을 때 그는 친근한 투로 물었다. "얄타에 오신 지는 오래되었나요?"

"5일 정도요."

"전 벌써 두 주가 다 되어 갑니다."

잠시 침묵이 흘렀다.

"시간이 참 빨리 흐르죠. 근데 여긴 너무 지루하네요." 부인이 그를 쳐다보지 않은 채 말했다.

"여기가 지루하다는 말은 다들 습관처럼 하는군요. 벨료프나 지즈드라 같은 곳에 살면서도 지루한 줄 모르던 이들이 여기 와서는 '아 지루해! 아, 이놈의 먼지!'라고 불평을 한다니까요. 그라나다에서 오기라도 한 듯 말입니다."

부인이 웃음을 터뜨렸다. 이어 두 사람은 모르는 사

이처럼 말없이 식사했다. 하지만 식사 후에는 함께 걸으며 어느 쪽으로 가든 무슨 말을 하든 괜찮은, 자유롭고 태평한 사람들의 장난스럽고 가벼운 대화를 시작했다. 산책을 하며 바다 빛깔에 대해 이야기했다. 라일락색 바닷물은 너무도 부드럽고 따뜻해 보였고 수면 위로 금색 달빛이 비쳤다. 뜨거운 낮이 지나간 후 대기가 얼마나 답답한지에 대해서도 이야기했다. 구로프는 자신이 모스크바 사람이고 인문학 전공자지만 은행에서 일하며 한때 오페라 가수를 꿈꿨지만 그만두었고 지금은 모스크바에 집 두 채가 있다고 말했다. 그리고 부인으로부터는 페테르부르크에서 자랐지만 2년 전에 결혼해 S 시로 살러 갔다는 것, 얄타에는 한 달가량 머물 계획이며 이곳에서 휴가를 보내고 싶어 하는 남편이 뒤따라오리라는 것을 알게 되었다. 부인은 남편 근무지가 현의 행정부인지 지방의회인지를 설명하지 못했고 스스로도 이를 우스워했다. 또한 구로프는 부인의 이름이 안나 세르게예브나라는 것도 알게 되었다.

숙소로 돌아온 구로프는 부인에 대해, 어쩌면 내일 또다시 만날 수도 있다는 것에 대해 생각했다. 꼭 그래야 했다. 그는 잠자리에 들며 부인이 최근까지 자기 딸과 다름없는 학생으로 학교에 다녔다는 점을, 낯선 사람과 대화하고 웃을 때 부인이 지극히 조심스럽고 어색해한다는 점을 떠올렸다. 남자가 뒤따라오고, 바라보고, 부인 자신도 알아차릴 수밖에 없는 단 한 가지 목적으로 접근하는 이런 상황에 난생처음 혼자 놓이게 된 것이 분명했다. 그는 부인의 가냘픈 목, 아름다운 회색 눈동자를 떠올렸다.

'뭔가 애틋한 면이 있단 말이지.' 그는 이렇게 생각하며 잠이 들었다.

2

부인과 아는 사이가 된 지 일주일이 지났다. 축일이었다. 방 안은 후덥지근했고 바깥에서는 먼지바람이 거세게 불며 모자를 날려 보냈다. 온종일 목이 말라 구로프는 자주 정자를 들락거렸고 안나 세르게예브나에게 음료수나 아이스크림을 권했다. 마땅히 있을 만한 곳이 없었다.

저녁이 되자 바람이 조금 잦아들었다. 두 사람은 증기선 입항을 구경하러 방파제로 나갔다. 선착장은 인파로 붐볐고, 마중 나온 사람들은 꽃다발을 들고 있었다. 이곳에서는 잘 차려입은 얄타 인파 두 부류가 명확히 드러났다. 젊은 여자처럼 옷을 입은 중년 부인들, 그리고 장교들이었다.

파도가 심해 증기선은 해가 진 후 늦게야 도착했고 방파제에 닿기까지 오랫동안 방향을 조정했다. 안나 세르게예브나는 아는 사람을 찾기라도 하듯 오페라글라스로 증기선과 승객들을 바라보았고 구로프에게 말을 건넬 때면 눈이 반짝였다. 말이 많았지만 질문들은 연결되지 않았고 질문을 던지자마자 뭘 물었는지 바로 잊어버리는 듯했다. 그러다가 결국 인파 속에서 오페라글라스를 잃어버렸다.

잘 차려입은 인파는 어느새 흩어졌고 벌써 얼굴을 분간할 수 없을 정도로 날이 어두웠지만 구로프와 안나 세르게예브나는 마치 증기선에서 내리는 누군가를 기다리듯 자리를 지켰다. 안나 세르게예브나는 구로프를 쳐다보지 않은 채 말없이 꽃향기를 맡았다.

"저녁이 되니 날씨가 좋아졌습니다." 그가 말했다. "이제 어디로 갈까요? 어디 좀 멀리 나가볼까요?"

부인은 아무 대답이 없었다.

그는 부인을 뚫어지게 바라보다 갑자기 끌어안고 입을 맞추었다. 꽃향기와 습기가 동시에 훅하고 느껴졌다. 그는 곧바로 주위를 둘러보며 혹시 목격자가 있는지 살폈다.

"당신 방으로 갑시다." 그가 조용히 말했다.

두 사람은 서둘러 걸었다.

부인의 방은 후덥지근했고 일본 상점에서 산 향수 냄새가 났다. 구로프는 부인을 바라보며 생각했다. '살다 보면 얼마나 많은 만남이 있는지!' 별걱정 없이 선량하게 살면서 사랑에 즐거워하고 짧은 기간이나마 그가 준 행복에 감사하는 여자들도 있었다. 반면 그의 아내가 그렇듯 필요도 없는 말을 늘어놓고 히스테리와 가식을 부리면서 사랑이나 열정 따위보다 더 중요한 것을 추구한다는 식으로 진심 없이 행동하는 부류도 있다. 또 정말 아름답고 차가웠던 여자 두셋에 대한 기억도 있었다. 삶이 줄 수 있는 것 이상을 쟁취하고야 말겠다는 표정을 언뜻언뜻 내보이던 그들은 이미 싱싱한 젊음을 흘려보낸 나이였고 변덕스럽고 비이성적이며 강압적이되 지혜롭지 못했다. 마음이 식어버린 후 그 아름다움은 증오를 불러일으켰고 속옷의 레이스는 마치 생선 비늘처럼 느껴졌다.

하지만 지금 이 부인에게는 조심스러움, 경험 없는 청춘의 서투름, 여전히 어색한 감정이 느껴졌다. 누군가 갑자기 문을 두드리기라도 한 듯 당황한 기색을 보였다. 안나 세르게예브나, 그러니까 이 '개를 데리고 다니는 부인'은 방금 일어난 일을 특별하고 아주 심각한 일, 그러니까 자신이 타락했다고 여기는 듯했고 이는 참으로 이상하고 부적절하게 느껴졌다. 푹 수그린 얼굴 양옆으로 긴 머리카락을 서글프게 늘어뜨린 부인은 낙담한 모습으로 생각에 잠겨 있었다. 옛날 그림에 나오는 타락한 여인과 똑같았다.

"나쁜 짓이에요." 부인이 입을 열었다. "이제 당신부터도 저를 존중하지 않겠군요."

방 탁자 위에 수박이 놓여 있었다. 구로프는 한 조각 잘라 천천히 먹기 시작했다. 침묵 속에서 적어도 30분이 흘렀다.

안나 세르게예브나는 참으로 순결하고 정숙하며 순진한 젊은 여인이었다. 탁자 위에서 타오르는 초 한 자루가 희미하게 비추는 얼굴에서는 편치 않은 내면이 잘 드러났다.

"왜 내가 당신을 존중하지 않는다고 하는 거지?" 구로프가 물었다. "당신은 자기가 무슨 말을 하는지도 모르고 있어."

"신이여, 저를 용서하소서." 부인의 눈에 눈물이 가득 고였다. "정말 끔찍한 일이에요."

"용서받고 싶다는 거군."

"어떻게 용서받겠어요? 저는 저속하고 나쁜 여자예요. 저도 스스로를 경멸하니 용서받을 생각은 없어요. 전 남편이 아니라 저 자신을 속인 거예요. 사실 지금만이 아니라 이미 오래전부터 그랬어요. 어쩌면 제 남편은 성실하고 좋은 사람인지도 몰라요. 하지만 그이는 그저 하인이에요! 직장에서 뭘 어떻게 하는지는 몰라도 하인이라는 건 알아요. 결혼했을 때 전 스무 살이었어요. 다른 세상이 궁금했고 뭔가 더 나아지고 싶었죠. 이것과 다른 삶이 있을 거라고, 제대로 살고 싶다고 혼자서 되뇌곤 했죠. 그렇게 결혼했건만 이후에도 답답해서 미칠 지경이었어요. 당신은 그런 걸 이해 못 하실 테죠. 어떻든 전 더 이상 자신을 통제할 수도 없고, 그냥 참고 있을 수만도 없어서 남편한테 아프다고 하고 여기 온 거예요. 그리고 마치 미친 여자처럼 쏘다녔죠……. 결국에는 이렇게 모두가 경멸할 만한 천박하고 타락한 여자가 되어버렸네요."

들고 있던 구로프는 벌써 지루해졌다. 순진한 어조, 너무도 갑작스럽고 부적절한 참회가 짜증스러웠다. 눈에 고인 눈물이 아니라면 농담이나 연기라고 여겨질 지경이었다.

"이해를 못 하겠군." 그가 조용히 말했다. "뭘 원하는 거지?"

부인이 그의 가슴에 얼굴을 묻고는 품속으로 파고들었다.

"내 말을 믿어줘요. 믿어주세요, 제발. 난 정직하고 깨끗한 삶이 좋아요. 죄를 짓는 건 정말 싫어요. 저도 제가 왜 이러는지 모르겠어요. 악마한테 홀렸다는 말이 있죠. 아마 저도 악마한테 홀린 모양이에요."

"됐어, 됐다고." 그가 중얼거렸다.

그는 겁에 질려 미동도 없는 눈동자를 바라보며 입을 맞췄고 부드럽게 달랬다. 부인은 서서히 진정되더니 마침내 다시 명랑해졌다. 두 사람은 웃기 시작했다.

잠시 후 함께 바깥으로 나왔을 때 해변에는 아무도 없었다. 삼나무가 무성한 도시는 완전히 죽은 듯 보였지만 파도는 여전히 웅성거리며 기슭에 부딪혔다. 배 한 척이 바다에 떠 있었는데 배의 등불이 졸린 듯 깜빡였다.

두 사람은 마차를 구해 남쪽의 오레안다로 향했다.

"방금 호텔 로비에서 당신 성을 알았어. 폰 디데리츠라고 쓰여 있더군." 구로프가 말했다. "남편이 독일인인가?"

"아뇨, 할아버지가 독일인이었던 것 같아요. 그이는 정교도예요."

오레안다에서 두 사람은 교회 근처 벤치에 앉아 말없이 바다를 내려다보았다. 아침 안개 속에서 희미하게 얄타가 보였고 산 정상에는 흰 구름이 꼼짝하지 않고 걸려 있었다. 나뭇잎 사각거리는 소리도 없이 매미들만 소리쳐 울었으며 아래쪽에서 들려오는 단조롭고 우렁찬 파도 소리는 인간을 기다리는 안식, 영원한 잠에 관해 이야기했다. 얄타나 오레안다가 없었을 시절에도, 지금도, 우리가 존재하지 않을 미래에도 파도 소리는 똑같이 단조롭고 우렁찰 것이다. 그 항상성, 삶과 죽음에 대한 그 전적인 무관심 속에 우리의 구원, 땅 위에서 계속 이어지는 삶, 그리고 끊임없는 진보가 약속되어 있는지도 모른다. 새벽빛을 받아 한층 아름다워 보이는 젊은 여인과 나란히 앉아 바다, 산, 구름, 드넓은 하늘이라는 환상적인 풍경에 마음을 빼앗긴 채 구로프는 생각했다. 존재의 고귀한 목적과 인간적 가치를 망각한 채 우리가 생각하고 저지르는 일들을 빼고 나면 실상 세상 모든 것이 훌륭하지 않을까.

누군가, 아마도 수위인 듯한 사람이 다가와 두 사람을 살피고는 물러갔다. 이런 사소한 일까지도 아주 비밀스럽고 아름답게 여겨졌다. 페오도시야에서 오는 증기선이 불을 끈 채 아침 노을빛을 받으며 들어오는 것이 보였다.

"풀잎에 이슬이 맺혔어요." 안나 세르게예브나가 침묵 끝에 입을 열었다.

"그렇군. 돌아갑시다."

두 사람은 얄타로 돌아왔다.

둘은 매일 정오에 해변에서 만나 함께 식사하고 산책하며 바다를 즐겼다. 부인은 잠을 설쳤다고, 심장 박동이 불안정하다고 불평하면서 때로는 질투심으로, 때로는 자기가 충분히 존중받고 있지 못한다는 두려움으로 늘 똑같은 질문을 던지곤 했다. 근처에 아무도 없을 때 그는 네거리 광장이나 정원에서 갑작스레 부인을 끌어당겨 열정적으로 입을 맞추곤 했다. 완벽한 여유로움, 누가 볼까 봐 주위를 둘러보며 대낮에 나누는 짜릿한 입맞춤, 더위, 바다 내음, 잘 차려입고 한가하게 지나다니는 인파 등등이 그를 완전히 다른 사람으로 만들어주었다. 그는 부인이 얼마나 아름답고 매혹적인지 말해주었고 참을 수 없는 열정에 사로잡혀 한 걸음도 떨어지려 하지 않았다. 부인은 종종 생각에 잠겨 그가 자기를 존중하지 않고 전혀 사랑하지 않으며 추악한 여자로 여긴다는 점을 인정하라고 요구하곤 했다. 거의 매일 늦은 저녁마다 두 사람은 오레안다든 폭포든 나들이를 갔다. 그런 시간은 늘 행복했고 어김없이 아름답고 황홀한 인상을 남겼다.

둘은 남편이 도착하기를 기다렸다. 하지만 남편에게서는 눈병이 났으니 가능한 한 빨리 집으로 돌아오라는 편지가 왔다. 안나 세르게예브나는 서둘렀다.

"잘됐어요. 전 떠나겠어요. 이게 운명이에요."

부인은 마차로 출발했고 그도 동행했다. 온종일 달렸다. 특급열차에 자리를 잡고 발차 벨이 울렸을 때 부인이 말했다. "한 번만 더 당신을 보게 해줘요. 한 번만 더…… 이제 됐어요."

부인은 눈물을 흘리지 않았지만 슬픔에 빠져 아픈 사람처럼 보였다. 얼굴에 경련이 일었다. "당신을 생각하고…… 기억할게요. 신께서 함께하시길. 잘 지내세요. 나쁜 기억은 잊어주시고요. 이제 영원히 헤어지는군요. 그래야 해요. 왜냐면 아예 만나지 말았어야 했으니까요. 신께서 함께하시길."

기차는 금방 멀어졌다. 곧 불빛이 사라지더니 덜컹대는 소리조차 들리지 않았다. 달콤한 미망과 광기를 어서 끝내라고 모든 것이 작당이라도 한 모양이었다. 홀로 플랫폼에 남은 구로프는 어두운 저편을 바라보며 귀뚜라미 울음소리와 전신선이 윙윙대는 소리를 들었다. 막 잠에서 깨어난 느낌이었다. 인생에서 또 한 건의 편력, 혹은 모험이 끝났으며 추억만이 남았다고 생각했다……. 마음이 저리고 서글펐으며 가벼운 회한마저도 느껴졌다. 두 번 다시 볼 수 없을 이 젊은 부인은 사실 그와 있을 때 그다지 행복하지 않았다. 그는 친절했고 진심을 다했지만 그럼에도 부인을 대하는 어조와 손길에는 가벼운 조롱, 그리고 나이가 두 배나 많은 행복한 남자의 저속한 오만이 담겨 있었다. 부인은 항상 그를 선량하고 특별하며 고결한 사람이라고 불렀으니 본모습을 알아차리지 못한 게 분명했다. 의도치 않게 속였다고 해야 할까…….

역에 있으니 벌써 가을 느낌이 들었다. 바람이 차가웠다.

'이제 나도 북쪽으로 돌아갈 때가 되었군. 자, 가자고!' 플랫폼을 나서며 그는 생각했다.

3

모스크바의 집은 이미 겨울 분위기였다. 벽난로를 땠고 아침에 아이들이 학교 갈 준비를 하며 차를 마실 때도 어두워서 유모가 잠시 불을 밝혀두곤 했다. 기온은

영하로 떨어지기 시작했다. 첫눈이 올 때 제일 먼저 썰매를 타고 나가 하얀 땅, 하얀 지붕을 보고 또 상쾌한 공기를 들이마시는 것은 정말이지 유쾌하다. 그럴 때면 어린 시절이 떠오르기 마련이다. 하얗게 서리가 내린 늙은 보리수와 자작나무는 선량한 느낌마저 들어 삼나무나 종려나무보다 더 마음에 와닿는다. 그 옆에서는 산이나 바다 생각이 나지 않는다.

모스크바 사람인 구로프는 영하의 맑은 날씨에 고향 도시로 돌아왔다. 털외투에 따뜻한 장갑으로 무장한 채 페트로프카 거리를 거닐고 교회의 토요일 저녁 종소리를 들으니 얼마 전 떠났던 여행이나 머물렀던 장소는 모두 매력을 잃었다. 조금씩 모스크바의 삶에 다시 젖어든 그는 매일 신문을 세 종류씩이나 읽어대면서도 말로는 모스크바 신문을 읽지 않는 게 자기 원칙이라고 했다. 레스토랑이나 클럽, 식사 초대나 기념일 모임에 가고 싶어 몸이 근질거렸고 유명한 변호사나 배우들이 자기 집에 찾아온다는 것, 박사들을 위한 클럽에서 교수와 카드 게임을 한다는 것에 우쭐했다. 모스크바식 생선수프 1인분도 거뜬히 먹어 치울 수 있었다…….

그럭저럭 한 달 정도 지나면 안나 세르게예브나도 기억 속에서 희미해지고 다른 여자들이 그랬듯 어쩌다 꿈속에서나 애틋한 미소를 지을 것이라 생각했다. 하지만 한 달이 훌쩍 지나 한겨울이 되었는데도 바로 어제 헤어진 듯 모든 것이 선명했다. 아니, 기억이 점점 더 강렬해졌다. 숙제하는 아이들 목소리가 서재로 새어 들어오는 고요한 저녁 시간이든, 레스토랑에서 로망스나 오르간 연주를 들을 때든, 벽난로 속에서 눈보라가 윙윙거릴 때든, 불현듯 한꺼번에 기억이 솟구치곤 했다. 방파제에서 있었던 일, 산 위에서 맞은 안개 낀 아침, 페오도시야에서 온 증기선, 그리고 입맞춤. 그는 오랫동안 방 안을 서성이며 회상하고 미소 지었다. 어느새 기억은 소망이 되고 과거가 미래와 섞여들었다. 안나 세르게예브나는 꿈에만 나타나는 것이 아니라 그림자처럼 그를 따라다녔다. 눈을 감으면 바로 앞에 있는 듯 부인이 보였다. 전보다 더 아름답고 젊고 부드러운 모습이었다. 그 자신도 얄타에 있던 때보다 더 멋있어진 듯했다. 저녁마다 부인은 책장에서, 벽난로에서, 방구석에서 그를 바라보았다. 그는 부인의 숨소리와 옷자락 사각거리는 소리를 들었다. 거리에서는 혹시 부인과 비슷한 여인이 없는지 찾느라 두리번거렸다……

이 기억을 누구한테든 털어놓고 싶다는 열망이 그를 사로잡았다. 하지만 집에서는 그 사랑에 대해 이야기할 수 없었고 집 밖에서도 마땅한 상대가 없었다. 세입자나 은행 사람들과 이런 대화를 할 수는 없지 않은가. 하긴 무얼 얘기해야 하는지도 불분명했다. 과연 그게 사랑이었을까? 안나 세르게예브나에 대한 그의 태도에 뭔가 아름답고 시적인, 아니면 교훈적인, 하다못해 그저 재미있는 무언가가 있기라도 했나? 결국 그는 사랑이나 여자에 대해 애매한 소리를 늘어놓을 수밖에 없었고 아무도 속내를 파악하지 못했다. 그저 그의 아내만이 짙은 눈썹을 치켜뜨며 "디미트리, 한량인 척 해봐야 당신한테 전혀 안 어울려"라고 말할 뿐이었다.

어느 날 밤, 카드게임 짝인 어느 관리와 박사클럽에서 나오면서 그는 참지 못하고 말해버렸다. "글쎄, 얄타에서 너무도 매혹적인 여인을 알게 됐답니다!"

관리는 썰매를 타고 출발하려다 갑자기 고개를 돌려 소리쳤다. "드미트리 드미트리치 씨!"

"네?"

"일전에 하신 말씀이 맞았어요. 철갑상어가 상했더라고요!"

너무도 평범한 이 말에 구로프는 당황했고 모욕감까지 느꼈다. 얼마나 야만적이고 추악한 사람들인가! 무의미한 밤과 지루한 낮들은 도대체 무엇을 위한 것인가! 카드게임, 폭식, 만취, 늘 똑같은 이야기들이라니! 필요도 없는 일과 늘 반복되는 대화가 인생 최고의 시간, 최고의 힘을 차지해버리고 결국에는 날개가 잘려버린, 무가치하고 짧은 말년만이 남을 것이다. 이 상황을 떠나거나 도망치기는 불가능하니 삶이란 정신병원이나 감옥에 갇힌 것과 무엇이 다르겠는가!

구로프는 밤새 잠들지 못하고 괴로워하다가 다음 날에는 종일 두통에 시달렸다. 이어지는 밤에도 잠들지 못한 채 침대에 앉아 생각에 잠기거나 방 안을 서성거렸다. 아이들도 지겨웠고 은행도 지겨웠으며 어디도 가고 싶지 않았고 아무 말도 하고 싶지 않았다.

12월 축일이 되자 그는 여행 갈 채비를 했다. 아내에게는 어느 젊은이의 일을 봐주러 페테르부르크로 간다고 해두고 S 시로 향했다. 도대체 왜? 그 자신도 이유를 알지 못했다. 안나 세르게예브나를 만나 이야기를 나누고 가능하다면 함께 시간을 보내고 싶었다.

아침 녘에 S 시에 도착한 그는 호텔에서 가장 좋은 방을 잡았다. 바닥에는 회색 군용 나사천이 깔려 있었고 탁자 위 잉크병은 먼지가 쌓여 회색에 가까웠다. 잉크병을 장식하는 말 탄 기병 조각상은 모자 든 팔을 높이 올린 모습이었는데 머리 부분이 깨져나가 없었다. 호텔 급사가 필요한 정보를 알려주었다. 폰 디데리츠 씨는 호텔에서 멀지 않은 스타로곤차르나야 거리의 자택에 사는데 부유하고 풍족해 말도 여러 마리 있으며 모든 시민이 아는 인물이라고 했다. 급사는 그의 이름을 드리디리츠라고 발음했다.

구로프는 천천히 스타로곤차르나야 거리에 가서 그 집을 찾았다. 집 앞으로 뾰족하게 못을 박은 회색 담장이 이어져 있었다.

'저 담장에서 도망친 거로군.' 구로프는 창문과 담장을 번갈아 바라보며 생각했다.

그는 궁리해보았다. 오늘은 근무일이 아니니 분명 남편이 집에 있을 것이다. 다짜고짜 집에 들어가는 건 어떻든 눈치 없는 짓이다. 서신을 보냈다가 남편 손에 들어가기라도 하면 낭패다. 기회를 기다리는 편이 낫다. 그래서 그는 계속 거리를 오가며 담장 근처에서 기회를 기다렸다. 대문으로 들어가는 거지에게 개들이 덤벼드는 것을 보았고 한 시간쯤 후에는 희미한 피아노 소리도 들었다. 안나 세르게예브나의 연주가 틀림없었다. 현관문이 벌컥 열리고 웬 노파가 나오기도 했는데 낯익은 흰 스피츠가 그 뒤를 따랐다. 구로프는 개를 부르고 싶었지만 갑자기 심장 박동이 빨라지며 흥분한 탓에 스피츠 이름이 기억나지 않았다.

집 주위를 서성이던 그는 회색 담장을 점점 더 증오하게 되었다. 그리고 안나 세르게예브나가 이미 그를 잊고 다른 남자와 놀아나고 있을지도 모른다고, 아침부터 저녁까지 저 망할 놈의 담장을 바라봐야 하는 젊은 여자에겐 그게 오히려 당연한 일이라고 생각하며 혼자 분노했……. 그는 호텔 방으로 돌아와 뭘 해야 할지 몰라 한참 소파에 앉아 있다가 밥을 먹고는 오래 잠을 잤다.

'정말이지 바보 같고 한심하군.' 잠에서 깨어난 그가 어두운 창을 바라보며 생각했다. 벌써 저녁때였다.

'도대체 왜 일어난 거지. 이제 밤새 뭘 해야 한담?'

그는 꼭 병원 물건처럼 보이는 싸구려 회색 담요 위에 앉아 스스로에게 짜증을 냈다.

'이게 바로 개를 데리고 다니는 부인이란 말이지……. 이 정도가 네놈의 모험이고 말이야……. 여기 방 구석에나 앉아 있는 꼴이라니.'

불현듯 아침에 역에서 본 광고판 생각이 났다. 〈게이샤〉 극 초연을 알리는 글자가 대문짝만하게 붙어 있었다. 그는 극장으로 향했다.

'첫 회를 관람하러 올 확률이 아주 높지.' 그는 생각했다.

극장은 만원이었다. 현縣 소재 극장이 다 그렇듯 여기도 담배 연기가 샹들리에보다 더 높은 곳에 자욱했고 위쪽 일반석은 몹시 소란스러웠다. 1층 앞쪽에는 이 지역 멋쟁이들이 뒷짐을 진 채 서 있었다. 현지사 전용 구역을 살피니 모피 목도리를 두른 현지사 따님이 첫 줄에 앉았고 정작 현지사는 커튼 뒤에 있어 손만 보였다. 무대의 막이 흔들리고 오케스트라는 오랫동안 조율을 했다. 관객들이 들어와 자리를 찾는 내내 구로프는 정신없이 사방을 살폈다.

마침내 안나 세르게예브나가 들어왔다. 세 번째 줄이었다. 부인을 보자마자 그는 심장이 오그라들었다. 이 세상을 통틀어 그 부인보다 더 가깝고 소중하고 중요한 사람은 없다는 점이 명확해졌다. 지방 도시의 촌스러운 인파에 섞여 값싼 오페라글라스를 든 부인, 어느 모로 보나 특별할 것 없는 자그마한 그 여인이야말로 그의 삶 전체를 채우는 슬픔이자 기쁨이요, 간절히 원하는 유일한 행복이었다. 형편없는 오케스트라 연주와 바이올린 소리를 들으며 그는 부인이 얼마나 아름다운지 모르겠다고 생각했다. 생각하고 또 소망했다.

구레나룻을 짧게 기른 젊은이가 안나 세르게예브나와 함께 들어오더니 옆자리에 앉았다. 키가 아주 크고 등이 구부정했는데 걸을 때마다 고개를 흔들어 마치 계속 인사를 하는 듯했다. 부인이 얄타에서 고통스러워하며 하인이라 부르던 남편이 분명했다. 정말이지 그의 기다란 체형과 구레나룻, 약간 벗겨진 머리에서 어쩐지 하인 같은 소심함이 엿보였다. 다정하게 미소 짓는 그의 옷깃에서는 꼭 하인 번호처럼 보이는 학자 배지가 반짝였다.

첫 번째 휴식 시간에 남편은 담배를 피우러 나갔고 부인은 자리에 앉아 있었다. 그때 1층 좌석에 있던 구로프가 다가가 억지 미소를 지으며 떨리는 목소리로 말했다. "잘 지냈어요?"

부인은 그를 보자마자 얼굴이 새하얗게 변했고 자기 눈을 믿을 수 없다는 듯 경악하며 다시 한번 쳐다보더니 오페라글라스와 부채를 힘껏 움켜쥐었다. 기절해 쓰러지지 않으려 안간힘을 쓰는 모습이었다. 두 사람 다 아무 말도 하지 않았다. 부인은 그대로 앉아 있었고 당황하는 모습에 놀란 그는 감히 옆에 앉을 생각도 하지 못한 채 서 있었다. 바이올린과 플루트를 조율하는 소리가 울리자 갑자기 두려워졌다. 모두가 쳐다보는 것 같았다. 그 순간 부인이 벌떡 일어나더니 재빨리 출구 쪽으로 걸어갔고 구로프도 뒤따랐다. 두 사람은 어디로 가야 할지 몰라 복도와 계단을 따라 오르내리기를 반복했다. 법조인, 교사, 왕실 제복 차림 사람들이 눈앞에서 지나갔는데 모두 배지를 달고 있었다. 여자들과 옷걸이에 걸린 코트들이 지나가는가 싶더니 바람이 불며 찌든 담배 냄새가 풍겼다. 구로프의 심장이 마구 뛰었다. '아, 하느님! 이 사람들, 이 오케스트라를 도대체 어떻게 해야⋯⋯.'

그 순간 어느 저녁 무렵 역에서 안나 세르게예브나를 배웅하며 모든 것이 끝났고 두 번 다시 만나지 않을 거라 혼잣말을 했던 일이 불현듯 떠올랐다. 하지만 정말로 모든 것이 다 끝나려면 아직 얼마나 멀었는지!

'계단 좌석 입구'라고 쓰인 좁고 어두운 계단에서 부인이 멈춰 섰다. "어떻게 이렇게 놀라게 하실 수가 있어요?" 여전히 창백한 모습으로 힘겹게 숨을 들이쉬며 부인이 말했다. "정말 어떻게 이렇게 놀라게 하시는지! 전 정말이지 죽는 줄 알았어요. 도대체 왜 오셨어요? 왜?"

"이해해줘, 안나, 이해해줘요." 그는 작은 소리로 서둘러 말했다. "제발 이해해줘요."

부인은 두려움과 애원과 사랑을 담은 표정으로 그를 응시했다. 기억 속에 더 생생하게 그의 모습을 담아두려는 듯했다.

"전 너무 힘들었어요!" 그의 말을 들으려 하지 않은 채 부인이 말을 이었다. "늘 당신 생각을 했어요. 당신 생각으로 살았다고요. 잊고 싶었는데, 그래요, 잊고 싶었는데, 도대체 왜 여기 오신 거예요?"

위쪽 계단참에서 십대 학생 둘이 담배를 피우며 아래를 내려다보았지만 구로프는 상관하지 않았다. 안나 세르게예브나를 끌어당겨 얼굴과 볼, 손에 입을 맞추기 시작했다.

"뭐 하시는 거예요? 무슨 짓이에요!" 겁에 질린 부인이 그를 밀쳐냈다. "당신이랑 나는 정신이 나갔어요. 오늘 당장 떠나세요, 지금 당장……. 제발 부탁이에요, 제발. 이쪽으로 사람들이 와요!"

계단을 따라 누군가 올라오는 소리가 들렸다.

"지금 떠나셔야 해요." 안나 세르게예브나가 속삭이는 소리로 말을 이었다. "아시겠어요, 드미트리 드미트리치? 제가 모스크바로 갈게요. 전 행복한 적이 없었고 지금도 행복하지 않고 아마 앞으로도 절대 행복할 수 없을 거예요. 절대로요! 이제 절 그만 괴롭히고 가세요! 약속할게요, 제가 모스크바로 간다니까요. 하지만 지금은 헤어져요. 사랑하는 사람, 소중한 사람, 좋은 사람, 이제 가세요!"

부인은 그의 손을 한 번 잡았다 놓더니 계속 돌아보며 재빨리 아래로 내려갔다. 정말로 자신이 불행하다는 것을 보여주는 눈빛이었다. 구로프는 잠시 그대로 선 채 소리에 귀 기울이다가 주변이 완전히 조용해졌을 때 외투를 찾아들고 극장을 나섰다.

4

이후 안나 세르게예브나가 모스크바로 그를 만나러 오기 시작했다. 두세 달에 한 번, 남편에게 부인과 병 때문에 교수님을 만난다고 하고 S 시를 떠나곤 했다. 남편은 믿는 것 같기도, 믿지 않는 것 같기도 했다. 모스크바에서는 '슬라브 시장'이라는 호텔에 묵었고 도착하자마자 구로프에게 빨간 모자 쓴 사람을 보내곤 했다. 그렇게 구로프는 부인을 만났고 모스크바의 그 누구도 이 사실을 알지 못했다.

어느 겨울 아침, 그는 전처럼 부인을 만나러 가고 있었다. (전날 저녁, 그가 없을 때 부인이 사람을 보냈던 것이다.) 옆에는 딸이 있었다. 아빠가 학교에 데려다주었으면 해서 가는 길이었다. 크고 축축한 눈송이가 떨어졌다.

"영상 3도인데도 눈이 내리는구나." 구로프가 딸에

게 말했다. "하지만 땅 표면만 이렇게 따뜻한 거지, 대기권 상층부 온도는 전혀 다르단다."

"아빠, 겨울에는 왜 벼락이 안 쳐요?"

그는 그 점에 대해서도 설명해주었다. 그러면서 생각했다. 자기가 지금 밀회 장소로 가고 있다는 사실은 이 세상 누구도 모르며 앞으로도 절대 알 수 없을 것이라고. 그에게는 삶이 두 개였다. 하나는 누구나 볼 수 있는 삶, 주변인들의 그것과 똑같이 조건부의 진실과 기만으로 가득 찬 삶이다. 다른 하나는 비밀리에 이어지는 삶이다. 여러 상황이 기묘하게 혹은 우연히 엮이면서 그에게 중요하고 흥미롭고 꼭 필요한 것, 자신을 속이지 않고 진실인 것, 그 삶의 핵심인 것은 다른 사람 몰래 이루어졌다. 반면 진실을 숨기기 위해 숨어든 거짓이나 빈껍데기, 예를 들어 은행에서의 업무, 클럽에서의 논쟁, 이른바 '저급한 종족', 부부동반으로 참석하는 모임 등은 모두에게 드러나 있었다. 그는 자기 기준으로 남을 판단했기 때문에 눈에 보이는 것을 믿지 않았고 누구든 비밀리에 진짜 흥미로운 인생을 보낸다고 여겼다. 개인의 사적인 면은 모두 비밀에 싸인 것이고 교양 있다는 사람들이 사생활 보호에 그토록 예민하게 구는 이유도 어쩌면 그런 이유 때문인지도 몰랐다.

딸을 학교에 데려다준 후 구로프는 '슬라브 시장'으로 향했다. 아래층에서 외투를 벗고 위로 올라가 조용히 문을 두드렸다. 그가 좋아하는 회색 원피스를 입은 안나 세르게예브나는 긴 여정 후 전날 저녁부터 그를 기다린 탓에 지쳐 보였다. 얼굴이 창백했고 그를 보고도 미소 짓지 않았다. 그리고 그가 방으로 들어서자마자 품으로 파고들었다. 한 2년은 만나지 못한 것처럼 둘의 입맞춤은 길고도 길었다.

"어떻게 지냈어?" 그가 물었다. "뭐, 새로운 소식은 없고?"

"잠깐만요. 지금 이야기할게요. 아, 못하겠어요." 부인은 우느라 말을 하지 못했다. 등을 돌리고 손수건을 눈가에 가져다 댔다.

'그래, 좀 울게 놔두자. 난 그냥 앉아 있으면 되니.' 구로프는 이렇게 생각하고 안락의자에 앉았다.

이어 그는 벨을 울려 차를 주문했다. 구로프가 차를 마시는 내내 부인은 창밖을 바라보며 뒤돌아 서 있었다……. 마치 도둑처럼 사람들의 시선을 피해 비밀스럽게 만날 수밖에 없는 서글픈 상황이 한탄스러워 부인은 계속 눈물을 흘렸다.

"이제 그만하지." 그가 말했다.

이 사랑이 금방 끝나지 않을 것이며 언제 끝날지도 알 수 없다는 점은 분명했다. 안나 세르게예브나의 애정은 점점 더 커지기만 했다. 언젠가 관계를 끝내야 한다는 말은 차마 할 수 없었다. 말한다 해도 부인은 믿지 않을 것이다.

그는 부인을 달래기 위해 어깨를 어루만지며 장난을 쳤다. 그리고 그 순간 거울 속 자신을 보았다.

벌써 머리카락이 세기 시작했다. 몇 년 새 자신이 이렇게 늙고 추해졌다니 이상했다. 그의 손 아래 놓인 어깨는 따스했지만 떨고 있었다. 이 인생, 아직 이렇게 따스하고 아름답지만, 머지않아 그가 그렇듯 퇴색하고 시들게 될 이 인생에 그는 연민을 느꼈다. 도대체 이 여자는 왜 이토록 자신을 사랑하는 것일까? 전에 만난 여자들은 있는 그대로의 그가 아닌, 상상 속에서 만들어내 평생 애타게 찾아 헤맸던 바로 그 모습을 사랑했다. 그리고 실수를 깨달은 후에도 여전히 사랑했다. 그와 함께 있어 행복했던 사람은 그중 단 한 명도 없었다. 만났다가 사귀고 헤어지기를 반복하면서 그 역시 단 한 번도 사랑한 적이 없었다. 뭐라 이름을 붙이든 사랑은 절대 아니었다.

그리고 머리가 세기 시작한 지금에야 그는 난생처음으로 진짜 사랑을 하게 된 것이다.

안나 세르게예브나와 그는 가까운 가족이, 남편과 아내가, 애틋한 친구들이 하듯 그렇게 서로를 사랑했다. 운명이 두 사람을 그렇게 맺어준 것이라 믿었다. 도대체 왜 각자 엉뚱한 결혼을 했는지 이해할 수 없었다. 둘은 어쩌다 붙잡혀 서로 다른 새장에 갇혀버린 한 쌍의 철새 같았다. 두 사람은 서로 과거의 부끄러움을 용서했고 현재의 모든 것을 용서했으며 그 사랑이 자신들을 바꿔놓았다고 느꼈다.

이런 서글픈 순간에 그는 머릿속에 떠오르는 온갖 논리로 마음을 달래곤 했지만 지금은 그렇게 되지 않았다. 그저 깊은 공감과 연민을 느끼며 진실하고 다정한 존재가 되어주고 싶을 뿐이었다……

"그만 해요, 내 사랑." 그가 말했다. "좀 울었으니 이제…… 같이 얘길 하면서 뭔가 방도를 찾아보자고."

서로 다른 도시에 살면서 한참을 만나지 못하고 가끔 남몰래 숨어서 만나야만 하는 이 상황을 어떻게 벗어날 수 있을지 두 사람은 한참을 의논했다. 참기 어려운 이 속박에서 놓여날 방법은 무엇일까.

"어떻게 해야 하지? 어떻게?" 머리를 감싸며 그가 중얼거렸다. "어떻게?"

그러자 조금만 더 있으면 해결책이 나올 것 같다는, 그러면 새롭고 아름다운 인생이 시작되리라는 생각이 들었다. 아직 멀고도 먼 길이 남아 있으며 가장 복잡하고 어려운 일이 이제 막 시작되었다는 점만은 두 사람 모두에게 분명했다.

—1898

○

옮긴이 **이상원**

서울대학교 가정관리학과와 노어노문학과를 졸업하고 한국외국어
대학교 통번역대학원에서 석사와 박사학위를 받았다. 1998년에 번
역을 시작해 《시간을 정복한 남자 류비셰프》《콘택트》《아버지와 아
들》《레베카》《적을 만들지 않는 대화법》 등 90여 권의 번역서를 출
판했다. 현재 서울대학교 기초교육원 강의교수로 일하며 인문학 글
쓰기를 비롯한 교양 강좌들을 운영하고 있다. 저서로는 《번역은 연
애와 같아서》《서울대 인문학 글쓰기 강의》《매우 사적인 글쓰기 수
업》《엄마와 함께한 세 번의 여행》 등이 있다.

안톤 체호프의 소설

자고 싶다

초판 1쇄 발행 2021년 6월 10일
초판 2쇄 발행 2022년 5월 6일

지은이 안톤 체호프
옮긴이 이상원
외부기획 이명연
책임편집 원미연
디자인 정계수

펴낸이 김현숙 김현정
펴낸곳 스피리투스/공명
출판등록 2011년 10월 4일 제25100-2012-000039호
주소 121-904 서울시 마포구 월드컵북로 402. KGIT 센터 9층 925A호
전화 02-3153-1378 팩스 02-3153-1377
이메일 gongmyoung@hanmail.net
블로그 http://blog.naver.com/gongmyoung1
ISBN 978-89-97870-51-6 04890
ISBN 978-89-97870-30-1 (세트)

숨결, 정신, 마음을 뜻하는 스피리투스는 도서출판 공명의 문학 브랜드입니다.